庫 JA

〈JA1072〉

OUT OF CONTROL

冲方　丁

早川書房

7041

目　次

OUT OF CONTROL

スタンド・アウト

重要な記憶ほど、文章にはしにくいものだ。

当時の出来事を詳細に思い出そうとすればするほど、のちのち重要な意味を持つことになるなんて信じられないという思いを抱かされ、筆を止めたい気分にかられる。たいてい記憶は常に入り組んでいるし、その上どこにどんな価値があったかを躍起になって書きとめたところで、結局のところ当時はまだなんの価値もなかったのだという事実に終始するほかない。

活字は、物事を誇張する。誇張というと、物事を膨《ふく》らませることを意味すると思われがちだが、それは実のところ削《そ》ぎ落とす行為にほかならない。川底から大量の泥をすくいとり、砂金の一粒を見つけ出す。それが活字の働きだ。そしてその働きの陰では驚くほど大量の泥土が捨てられ、なかったことにされる。

だがむしろ記憶のありかはそうした泥土の中にある。今はもう捨て去られたものごとの中に。かつて背を向け、去ると決めた場所に。

そこに立ち戻ることに価値が生まれるのは、記憶を物語として書きとめるときだけだろう。言い換えれば、物語という手段だけが人の記憶の中でも泥土に区分されるものごとと全てに、不滅へといたる価値を、少なくともそのチャンスを、かろうじて与えてくれるのだ。

わたしはここに個人的な記憶を書こうとしているが、かといって書かれたものごとがすなわち自分自身であると主張することはできない。それはあくまで、わたしが見出した物語の一つであり、それ以外の物語が生まれる理由に筋道をつける、試みの一つでしかないのだ。

わたしが初めて本になるものを書くことができたのは、十八歳の夏のことだった。当時も今と同じように世にある物語を学び、自ら創り出すことを強く望んでいたが、しかし、その理由は今よりもずっと危険なものだった。

十五歳から十八歳にかけて、わたしは、しばしばポケットに飛び出しナイフを忍ばせて池袋や川越といった夜の繁華街をぶらぶら飲み歩いた。家族に気づかれぬよう家をこっそり抜け出してのことだ。その日の電車に間に合わないときは、自転車で行けるところまで行ったり、近所の公園や空き地の暗闇にひそむようにして、ただそこにいた。特定の街に愛着はなく、夜の街ならどこでもよかった。わたしに緊張と恐怖をもたらしてくれさえすれば。どうしようもなく体内にわだかまる激情をなだめてくれるか、もしくは暴発のきっかけを与えてくれそうであれば、わたしはどこにでも足を踏み入れた。危なっかしい連中がたむろする店のど真ん中で強い酒を注文したり、改造バイクに乗って群れ集う若者たちの間をにやにや笑みを浮かべながら横切ったりした。

気の合う仲間のほとんどは、日中に学校で会う存在だった。危なっかしい夜の散歩に付き合う者はなく、また、わたしのほうでもあえて付き合わせたくはなかった。当時のわたしがどれほど無軌道であったとしても、それが危険を招くことくらいは承知していたのだ。

どう取り繕っても子供であるわたしに酒を売る店というのは限られているし、そういう界隈に出入りする連中の種類も限られている。金を払いさえすれば、十六歳の少年が一人で酒を飲んでいる様子をあっさり無視してくれるような場所や大人たちは。

同類の子供たち、行き場のないティーンエイジャーたちは路上にうようよしていたが、彼らのろくでもなさに付き合う気もなかった。

本当は好きでも何でもないバイクにまたがることでしか仲間のそばにいられない少年たちにも、真夜中の商店街の裏でシンナーを吸ってうずくまっている少女たちにも、用はなかった。あるいは彼らのほうでもきっと、懐に武器を忍ばせた子供特有のぴりぴりとした雰囲気を発散するわたしを避けるだけの知恵があったのかもしれない。夜の街を徘徊するときのわたしは、今のわたし自身ですらぞっとするような野良犬じみた子供だった。

わたしはおおむね個人でうろつきまわったが、ただ一人、同じように飲み歩くことを望んでくれた親友がいた。

彼とは、ほんの数ヶ月だけ過ごした日本の小学校で出会った。たまたま帰国後に中学校で再会し、高校でまた別々になったが、夜の街と英語が彼とのつながりを保ってくれた。暗闇と、子供でも手に入れられる安酒、あるいは懐に忍ばせたナイフ、そして英語の呟きといったものが、わたしと彼をつなぐ奇妙な架け橋となってくれたのだ。

四歳から十四歳まで父の仕事で海外を転々としていたわたしは、帰国するまで英語で教育を受けていた。そのため、その頃はまだ独り言を英語で呟く癖があった。それは徐々に日本語に取って代わり、今ではもうどうやって英語で呟けばいいのかもわからない。

夢もそうだ。眠っているときに見る夢の中で、多くの登場人物たちが英語でしゃべっていた。だが十五歳の冬のある朝、目覚めたわたしは、夢の中の人々がみな日本語をしゃべっていることに気づいて呆然となった。そのときわたしの脳や無意識といったものが何を選択したか知らないが、切り替えることが二度と不可能なたぐいのスイッチを押したのだ。

以来、わたしの中では、みんな日本語でしゃべるようになった。昔の友人たち――イギリス人やドイツ人や、エジプト人まで夢の中で日本語をしゃべるのだ。ときには、なんとか思い出そうとする記憶の中でもそうだった。わたしが生まれて初めて恋したカナダ人の少女や、同じく彼女に恋をしたわたしの友人であるバングラデッシュ人の少年といった大切な人々も。

そのスイッチはわたしの言語能力にてきめんに影響をおよぼした。その朝から、はっきりと全てが変わった。英字新聞の内容がすんなり頭に入って来なくなり、単純明快なハリウッド映画を観るときですら、字幕がないと内容を理解することができなくなった。

海外で暮らしていた幼い頃は、日本語で話し、日本語で書くことを切望したものだ。しかしそのときわたしは、英語から切り離されることで、それまでの思い出の全てを失ったという思いを抱いた。海の向こうにいる友人たちとともにいた日々の全てが、別ものになってしまったのだ。初恋の思い出を二度と正しく思い出せなくなったという事実は、当時のわたしにとって、重要な友人が死んだのと同じくらい衝撃的だった。

それはまぎれもなく幼少期の自分が死んだ瞬間だ。わたしはその冬の朝、それまでとは別の人間になった。自分がこれから何者になり、かつて何者であったのか、名づけるすべさえ持たないまま。言語の違いというものを通して、新たな世界に放り出されたのだ。荒涼たる白紙の世界に。

一方で、夜の徘徊をともにしてくれたその親友は、英語を学ぶことで何かからの脱出をもくろんでいた。彼はわたしから英語を学ぶことを願い、ことあるごとに英語で会話をするよう望んだ。わたしはしょっちゅう彼にその理由を訊いたが、

「なんか気分が良くなるんだよ。英語でしゃべれるようになれるかも、って思うと」

というのが彼の回答だった。

わたしは彼の将来の夢や、就きたい仕事といったものが英語と関係しているのだろうと推測していたが、結局、彼自身にも説明できなかったのだと後になって理解した。そのときはまだ成人すらしていなかったというのと同じように、望むべき現実はまだ現れず、そもそもそれが本当に現れるのかもわからなかった。将来というものに実感さえ持てない少年期特有の、明確な理由すらない、やむにやまれぬ願望であり選択だったのだ。彼はわたしが経験した荒涼たる白紙の世界に憧れ、彼自身の内面にその世界の出現を願

っていた。

わたしも彼も、何もかもブロークンだった。勝手な調子《ブロークン》の英語と、はんぱな調子《ブロークン》の日本語と。どっちつかずの言語の狭間でふらふら定まらずにうろついていた。それは危険な状態でもあった。十代の少年が刃物を持って繁華街を歩き回るのと同じだった。わたしたちは、あるとき何もかもをぶち壊し《ブロークン》にしておかしくない日々のまっただ中にいたのだ。

そのときのわたしにとって小説を書くということは——日本語で物語を書くということは——そうした日々との格闘でもあった。その目的は端的にいって、

Get Over

だった。

卒業する《ゲット・オーバー》ことであり、そのときはまり込んでいた何かから生還する《ゲット・オーバー》ことを意味した。あるいはまた、足を洗う《ゲット・オーバー》ことと表現することもできるかもしれない。いずれにせよ、無軌道であることからの脱出を目指しての本能的な行為だったのだ。

ともに夜を歩き回ったその親友も、わたしと同じように武器を懐に忍ばせていることは薄々わかっていた。いざというとき、より適切に刃物を扱えるよう、ひそかに練習しているだろうことも。だがお互い、そのことについては何も言わなかった。

飛び出しナイフ、バタフライナイフ、ランボーナイフ、ジャックナイフ——それぞれ

刃の開き方も、適切な持ち方も違うのだ、などといった会話は一度もしなかった。その手の書物を読めば、どんなふうに刺すのが最も効果的であるか書いてある、といったことは。

わたしが飛び出しナイフを好み、彼がジャックナイフを好んで持ち歩いたことも、お互いに知らなかった。知ったとき、それらはすでに厄介ものになっていた。

成人してのち、さらに十数年かけて仕事と家庭を持つようになった今も、ときおり自分の手にその危険な感触がよみがえり、ぞっとなるときがある。

滑り止めのためのテーピングを施した十二センチ強の柄の重み。自分で溶かして最適な形に拵《こしら》えたプラスチック製のボタン。それを押し、軽く振るだけで出現する、十センチぴったりの刃の鋭さ。いつでも若者の人生を引き裂く機会をじっとうかがっている、片刃のブレードのまがまがしさを思い出すだけで、心身が凍りつくような恐怖に打たれる。

しかもその恐怖には、いくつもの匂いがつきまとっており、忘却を許してくれないのだ。

春の夜にかいだ桜の匂い。自分の口からこぼれる酒くさい吐息。極度の緊張下でしかにじみ出ることがない、つんと鼻を刺す、焦げつくような汗の臭気。

アドレナリンの焼けるような臭い。

生まれて初めて人間を相手に刃を向けたときの記憶が、臭いとして脳裏に刻まれ、消えることを拒み続けているのだ。

その記憶こそ何より重要なものだからだろう。わたしがナイフを完全に捨て、小説を選んだきっかけらしいものがあるとすれば、そのときがまさにそうだったのだ。

その夜、いつものように、わたしは自室の机の引き出しの底から飲みかけのウィスキーの瓶とスナックを取り出し、両方をリュックサックに詰め込み、家を抜け出す準備を整えた。寝ている家族を起こさぬよう忍び足で外へ出て、音を立てぬようそっと車庫のシャッターを開き、自転車を引っ張り出した。夜の十時過ぎのことだったと思う。自転車を走らせ、途中でさらにビールを何本も買った。コンビニエンスストアではなく自動販売機で。当時は、真夜中の自動販売機でも酒を買うことができたものだ。

携帯電話というものもなく、公衆電話で家族にバレぬよう連絡を取り合ったのを覚えている。わたしは自転車のカゴにアルコールを満載して最寄りの駅に向かい、そこで親友の彼と合流した。

「花見かよ」

買い込んだ酒を見るだけで彼はわたしの趣旨を理解してくれた。

「ぼちぼち、あったかくなったしな」

と、わたしは言い訳した。その日は、都心へ労働者をピストン輸送する電車に乗って池袋や川越といった繁華街に行く気になれず、夜の公園で気ままに酒を飲み、その後どうするかは気分次第で決めるつもりだった。

「天気予報じゃ、雨が降るってよ」

彼が生真面目に言う。わたしは相手の自転車にしっかり傘が用意してあるのを見て感心した。彼は夜遊びをするにしてもいちいち事前に天気をチェックするような少年だった。食事をする前に、必ずハンカチがポケットに入っているか確かめるタイプなのだ。

「Who fuckin' cares, man」

わたしは相手の機嫌を取るため英語で言った。雨が降ったら降ったで、それも面白いと思っていた。一度など、わざわざ暴風雨のまっただ中で一晩過ごしたこともある。陸橋の下で荒れ狂う風雨を眺めながら一人で夜明けまで酒を飲み続けたのだ。

「I fuckin' do, asshole」

そう言いつつも彼は渋々ながら同意してくれた。自転車を置いて、近くの公園まで歩いて行こうと提案したのも、わたしだった。当時のわたしは、やたらと歩き回ることを好んだ。単に歩くのが好きだったというのもあるが、いざというとき自転車があるとまずいことになる場合があるからでもあった。自転車に貼られた学校の駐輪許可シールを見れば、どこの学校に通っているか一目でわかってしまうし、その上、ご丁寧に盗難防止のために名前と住所まで車体に記されているのだ。個人情報というものが一般化された今よりよっぽど当時のわたしたちのほうが神経質だった。夜の街を徘徊するとき、個人名が記されたものなど一つとして身につけてはいなかった。どこで敵と遭遇するかも、どこで敵を作るかもわからなかったからだ。敵はあらゆる場所にいた。子供や大人、まっとうな人々、ヤクザ稼業に手を染める者たち、日中の仕事と水商売の世界とを往復する男女、夜の街を第二の住み処《すみか》にしたがる子供たちを見当違いな理屈で日の当たる場所へ連れ戻そうとする何もわかっていない大人たち。

「くそが、重ってえよ、アホ」

と不満たらたらの彼と一緒に、酒と食い物を持って歩いた。夜の公園には誰もいなかった。わたしたちは最も綺麗だと思える桜の木を選ぶと、二人がかりで、くそ重たい公園のベンチを二つほど木の下に引きずってきて悠々と飲み始めた。

わたしは一方のベンチに行儀悪く寝そべった。彼はもう一方のベンチを入念に調べた——濡れていたり誰かが汚れたしろものを残したりしていないか——それから、さらにズボンの尻が汚れぬよう念には念を入れてハンカチを敷き、その上に座った。

「なんでお前はいつもいつも、そう行儀が悪いんだよ」

わたしは彼のハンカチに向かって顎をしゃくってみせながら言った。

「なんでてめえは、いつまでもお行儀が良いままなんだよ。土足で椅子に足を載せる日本人はいねえよ。少しは大人になれよ」

彼が言った。お互い相手のそういう姿は大変気に入らなかったし、好んでからかいの種にしたものだ。そうした互いへの反感もふくめて信頼に値するかどうかが問題だった。そしてわたしたちは、この上なくお互いを信頼し合っていた。

桜は、街灯の白色光のせいで花か葉かもわからず、枝まで真っ白に凍りついたかのようで、ひどく美しかった。

わたしたちはいったん飲み始めると、あまり会話をしなかった。たまにじっくりと話し合うこともあったが、たいていは馬鹿馬鹿しいことを呟き合い、にやりと笑うか、唾を吐く真似をするか、肩をすくめるかするだけで、理解すべきことは理解できた。

春の夜の空気を楽しみながら煙草をふかし、のんびりと酒を飲んだ。わたしは何度か立ち上がって街灯の根本《ねもと》に小便をかけに行った。彼のほうは、音すらわたしに聞こえないほど遠くの暗がりに歩いてゆき、同様のことをした。お互いのそんな流儀に異議を申し立てるような真似はせず、ただ、

「お家《うち》にまで戻らないと、しょんべんもできないんじゃないだろうな」

「お前、まさかここに住んでるんじゃないだろうな」

と、からかい合った。

そうするうち、突然、敵意に満ちた声が響いた。

「何やってんだ、おめえら」

いつの間にか公園の入口に、わたしたちと同年代らしい五、六人の少年たちが集まっており、その中の一人が、前に出てわたしたちに剣呑《けんのん》な目を向けていた。連中が何者で、どこから来たかなど知らなかったし、知ったことでもなかったが、彼らの気分だけは正しく理解することができた。

まず第一に彼らは楽しんでいなかった。ちょっと脅しつけて遊んでやろうというのではなく、最初から義務感をこめた怒りをあらわにしていた。楽しもうという気分がないということは、つまり、とことんやりかねないということだ。

浮き浮きした調子のまま本気で喧嘩をする少年は、ほとんどいない。馬鹿げたことに、喧嘩はいつだって義務感のせいでひどいことになる。そうしなければいけないという逆らいがたい思いが怒りを増長させるのだ。怒りは自尊心や正義感に直結し、見るも愚かな暴力沙汰を引き起こす。さらにはいったん発生したそれを、ときとして取り返しのつかない状況にまで発展させるのだ。そうさせるのは快楽にまつわる何かだが、少なくとも暴力が快楽なのではない。正しい義務を遂行しているという思いが快楽なのだ。

わたしたちの何が彼らを――特にリーダー格であるらしい一人を――初手《しょて》から激昂させたのかは、わからない。その公園が彼らにとって特別思い入れのある場所であり、わたしたちを大切な秩序を乱す敵とみなしたのだろうし、公園のベンチを勝手に移動させたという事実が、タブーを冒した愚か者に制裁を加えねばならないという彼らの義務感に火をつけたのだということも推測できる。いずれにせよ、まっとうな状態にありさえすれば誰もが「なぜ?」と首を傾《かし》げたくなる理由ばかりだろう。たまたま起こった化学反応に意図などなく、暴発を心の底で望んでいるのは何も当時のわたしだけではないのだ。

そうした相手の気分を察することは、夜の街を徘徊する上では必ず身につけていなければならない大切な技術だ。多くの子供たちが野良犬のようだったわたしを避けたのも、決して彼らが臆病だったからではなく、正しく危険を察し、扱ったからにすぎない。

このとき、わたしも親友の彼も、いきなりのっぴきならない状況に出くわしたことを素早く察していた。わたしは生まれて初めて、空気や木の枝ではなく人間を相手に刃を振るうという可能性に直面したのである。立ち上がりながらズボンのポケットに手を突っ込み、飛び出しナイフの柄の向きを確かめた。そうして、ずんずんこちらへ歩いてくる一人の前に立ち塞がり、ぴりぴりした剣呑な空気の中心点に飛び込んだ。

こうした儀式は動物的だ。どれほど滑稽であっても、そうせざるを得ないように生まれる前から体ができあがっている。わたしたちはお互いの息の臭いをかげるほど接近して立ち止まった。そして世界はお互いの顔面以外に存在しないというほど精神を集中させた。

そういうとき、わたしは相手の顔という大海原にこぎ出した船の舵取りとなり物見役となる。相手のちょっとした目の動きや、頬の強《こわ》ばり、呼吸の様子、声の震え方、眉の生え際の皮膚に無意識にあらわれる内心の動揺といったものを、つぶさに読み取った上で、同じように相手にも自分の顔のはしばしに浮かぶものを読み取らせるのだ。

言葉というものはちょっとしたアクセントにすぎず、顔全体が揺れる波間となり、大嵐が来るか、それとも凪《なぎ》の気配を見せているか、正しく察する必要がある。人間は愛情を示す相手よりも、敵意を示す相手のことをよりいっそう理解しようとするものだ。そしてその理解を誤ったが最後、自分たちの力では制御できない嵐を自ら発生させることになる。

だからこそ、わたしは相手に対して、ありったけの敵意を見せる必要があった。親友の彼や、残りの連中が、そのときどのような動きを見せているかなど気にかけてはいられない。逆に彼らが、中心点であるわたしとその相手の二人に合わせて動くのだ。わたしが周囲の動きに気を取られるようなことがあれば、すぐに相手の怒りの海に負けるし、そうなれば親友の彼もよりいっそう危険な状態に陥ることになるだろう。

あるのはただ、相手の顔——相手の心だ。相手の体格だの、拳にたこがあるかだの、武器を持っていそうかどうかだの、他に仲間がいるかだの、そういったことがらは、互いに接近しながらの数歩でもう判断し終わっている。結局それらは瑣末なことがらなのだ。わたしは十八歳ですでに百八十センチほどの身長があったが、相手はさらに一回り大きかった。ただそれだけのことだ。身長や体格で本当に全てが決まるなら、そもそもこの世に争いごとなど存在しなかっただろう。

わたしが無言のまま剣呑な笑みを浮かべてみせると、相手はますます怒気を発散させながら、おうこら、てめえら、どこのもんだ、なめてんのか、といった稚拙な威嚇《いかく》の言葉を口にしてきた。問題は言葉ではなく、その声の震え方だ。はったりではなく本心からの怒りに震える声が——妥協はないのだと告げる響きが——わたしに刃物を抜かせた。

相手が胸ぐらをつかんできたのに合わせて、ポケットから柄を握る手をあらわした。ついで相手にも見えるよう自分の顔のそばで——それが、相手が読み取るべきわたしの顔の一部であることをはっきり示すために——しゅっ、かちっ、という音を立てて刃を出現させた。

「どっちの目ん玉、つぶしてほしいんだ、おい」

わたしは掠《かす》れた声で、そっと告げた。声の震えが相手にもしっかり伝わるように。わたしの激情は、必ずしも自分で完全にコントロールしているのではないのだということを示さねばならなかったからだ。相手の反応によっては、つい、止まらず、やってしまうかもしれないということを、何としてでも伝えねばならないのだ。

つまりその時点で、事態の半分を相手に委ねたということなのだ。それは正しいことだった。どれほど事態そのものが愚かだったとしても、わたしはどうにかすべきことをしたのだ。

相手はちらりと刃に目を向けたが、すぐに、わたしの顔と刃を同時に視界に収めるよう、視線を戻した。

そのとき、わたしが抱いた途方もない安堵感を、理解していただけるだろうか。

相手もまた正しく事態を切り抜けたのだ。相手と刃だけのにらみ合いにはならず、あくまで二人の顔と顔のにらみ合いを続けたのである。どんな人間も刃と会話することなどできない。それは、やるかやらないかという馬鹿げた二者択一しかもたらさないのだ。

つまり、相手は自分からわたしの刃に突っ込んでいくという真似は決してせず――わたしの刃を奪おうとするとか、武器になるものを咄嗟《とっさ》に探そうといったことはせず、

「やってみろや、おお」

と、わたしに向かって口にしたのだ。

わたしは唇を捲《まく》り上げて歯を剝き出しにしながら、さらに剣呑な笑みを浮かべるという、猿やゴリラそのもののような動物的な表情を浮かべてみせた。だが人間は顔と顔のコミュニケーションをどこまでも続けることを一万年かそこらの社会構築の経験から学んだ種族だ。ゴリラは互いに目が合った瞬間、敵とみなして突進していく。だが人間は目を合わせることがタブーであるという動物的な威嚇の儀式を捨てることで、共存の手段を山ほど手に入れたけだものなのだ。

わたしがそのとき笑ったのは、確かに威嚇のためでもあったが、それ以上に、予想もしていなかった、とてつもない喜びを抱いたからだった。そもそもが愚かな争いごとだったのだが、その瞬間、わたしも相手も確かに、愚かさから一歩だけ遠のくことに成功していたのだ。

そのときわたしは、夜の徘徊を繰り返していた本当の理由を悟った。本当は暴発そのものを望んでなどいなかった。ただ、どんな暴発にも耐えられるし、正しく切り抜けられるということを、ずっと自分自身に証明したがっていたのだ。

その後の数秒間は、おそらくわたしの人生の中で、最も長々とした時間だっただろう。相手にとっても、親友の彼や、周囲の残りの連中にとっても。

　今思い返しても、どうしてそのタイミングがつかめたのかはわからない。ただ、正しいときに、正しいことをしたという実感だけはある。わたしは何度か相手の目のそばに刃の切っ先を近づけては遠ざけるという真似をしてみせた。相手はわたしの胸ぐらをつかんだ手に力をこめ、前後左右にわたしを揺らそうとした。そうしながら、ぼそぼそと互いに威嚇の言葉を投げ合い、互いに危険から遠ざかれる筋道を探していた。

　わたしだけでなく、その場にいた全員がそうしていたのだと思う。いったん刃が現れれば、誰もが事態を穏便に収めるために知恵を振り絞り始めるものだ。たとえ十代の終わりを迎えた子供たちでも。いや、そういう年代だからこそ、大人たちとは違うやり方で、危険というものを知り、それに対処するすべを身につけようとするのだ。あるいは身につけていなかったときは、その瞬間、その場で学び取り、何とか生き延びねばならなかった。

　ある一瞬、わたしの視界の隅に、親友の彼の姿が入ってきた。

　彼は右手にジャックナイフを握り、左手にはなんと傘を持って、何人かを相手にしっかりと威嚇を続けていた。

　わたしは先ほどにも増して喜びを抱いた。彼がそこにいることに、ではない。あるいは彼がわたしと同じように刃を抜いたからでもなかった。彼が逃げ出したりすることとなど考えもしていなかったし、刃の存在そのものには何の価値もないのだという事実は、手にした瞬間に思い知っていた。

喜びの理由は、彼が正しく手にしたものを使っていることがわかったからだった。刃を突きだしつつ、傘で相手の視界を塞ぐぞ、というジェスチャーをしていたのである。

おわかりだろうか。傘をぱっと開けば、視界が塞がれる。傘の布地など刃で簡単に貫ける。お互いの顔を完全に隠してしまった上で——それ以上何のコミュニケーションもできない状態で——薄い傘の布地の向こうから刃が飛び出し、とんでもなくめちゃくちゃなことになる可能性があるぞ、という事実を全身で告げていたのだ。

惚れ惚れするほど見事だった。わたしはますます強く笑みを浮かべ、喜びを敵意に変えて威嚇の色を強めた。

そうしながら、飛び出しナイフのボタンに親指をかけ、おもむろに下へ引いた。それが正しい瞬間だという確信があった。

しゅっ、かちっ、と音を立てて、刃が柄の中に消えた。そして、なるほどな、とわたしの頭脳のごく限定的な部分が——そこだけ異様に冴えて客観的になっている思考回路が——納得の声を上げたのを覚えている。それこそ、自分が飛び出しナイフを好んだ理由だったのだ。刃がいきなり現れて相手を脅せるから、という以上に、刃が消えたという事実を、端的に伝えることができるからなのだ。

「無理すんな」

と、わたしは言った。言葉だけ聞けば、やたらと自分の優位を主張しようとする浅はかな態度に思われるかもしれない。だがそのとき、わたしの顔からは自然と表情が消えていた。笑みも威嚇もなければ、怒りで目蓋《まぶた》が震えるといったこともなかった。

完全な無表情だ。相手は、むしろわたしが何の表情も浮かべなくなったことに、ぞっとしたことだろう。もちろん、そういう効果を期待してそうしたのだし、それは最後の威嚇でもあった。次の瞬間には、また刃とともに、もっとひどく陰惨な表情が現れることになるぞ、というメッセージだ。

わたしは軽く相手の肩を押した。そして、自分の胸ぐらをつかむ手が離れたことよりも、相手の肩の熱さに、深い安心を覚えた。汗で濡れた相手のシャツの感触にわたしは心地よさを覚えた。相手も、わたしの手のひらの感触に同様の心地よさを覚えたに違いなかった。

場の中心点の変化を、子供たちは敏感に悟った。わたしとその相手が離れるのと同じように、親友の彼と残りの数人が互いに距離を取っていった。

連中は道路のほうへ退いてゆき、わたしたちは公園の奥へ後ずさっていった。安心のあまり油断して背を向けた途端、いきなり裏切られ、何かされるのではないかという恐怖をお互いに保ったまま、なんとも馬鹿馬鹿しい言葉が交わされることになった。

わたしたちは、互いに感謝の言葉を投げ合っていたのである。

刃を突きつけたほうも、突きつけられたほうも。武器を振りかざしたほうも、集団で取り囲もうとしたほうも。確かに、あ、り、が、と、う、といった言葉を口にしたのだ。

なんという愚劣さだろう。思い返すだに馬鹿げたことだが、しかし、よくよく考えてみれば、当然のことだったのかもしれない。真夜中の公園で、大人なんて一人もいない場所で、刃物が飛び出したにもかかわらず、誰も怪我をしなかったのだ。

血は流れなかった。

誰も死んだりしなかった。

それでも、恐怖や疑いは残った——そうすることが最後の儀式であるというように。

連中の姿が見えなくなった途端、わたしと親友の彼は、大急ぎで身をひるがえした。

わたしはリュックサックをつかみ、彼はベンチに敷いたハンカチを取ると、脇目も振らず、公園の柵を跳び越え、連中が去ったほうとは逆の道路へ逃げ出した。

移動したベンチも、酒も、煙草の箱も置き去りだった。もしかすると連中がさらに仲間を引きつれて来るかも知れないという恐怖が、わたしたちを突き動かしていた。もしそうなったら、今度こそ、手にしたものを使うことになりかねないという恐怖が。

わたしが無表情になることで最後の威嚇を行ったように、そこに誰もいなくなること が、双方に対する何よりの威嚇となり、危険を避けるためのしるしとなったのだ。

途方もない恐怖と、そして達成感に、後から襲われていた。街路を走りながら、わたしたちはいったん二手にわかれた。それからしばらく走り、駅前に置いた自転車のもとに戻った。彼のほうが先に来ており、自転車の鍵を外して、いつでも走れるよう身構えていた。

わたしも自転車の鍵を外したものの、すぐには移動できなかった。暗闇で合流したわたしたちは、本当に歯がかちかち鳴るほど震えきっていたのだ。体の震えが止まらないせいで、自転車のサドルに尻を置くことすらできなかった。アドレナリンの急激な分泌のせいだ、などという知識とは縁がなかったわたしたちは、

「ぶるってねえで、ハンカチ敷いてさっさと自転車に乗れよ」

「小便ちびりそうか、ぼうず。いつもみたいに、そこの電柱にひっかけろよ」

と、いつしかヒステリックな笑い声を上げながら、お互いの震えをからかい合った。

彼が仕入れた天気予報どおり、その後すぐ雨が降り出した。わたしたちは頭からずぶ濡れになりながら、自転車で夜の街をあてもなく走り回り、笑い合った。恐怖をほかの

感情でくるんで、すっかり閉じ込めてしまうために、何時間もそうしていた。

Get Overとしか言いようがない。卒業したのであり、生還したのだ。そしてそのご褒《ほう》美《び》として、大げさな言い方だが、足を洗うことが許されたのだと思う。無軌道に暗闇を走り回ることから抜け出すことができた。こんな幸福な通過儀礼を得られたことを、わたしも彼も神様に感謝すべきなのだろう。今はまだ、そんな暗闇を創り出したことへの恨み言のほうが多いのだが。

以来、わたしが刃物を持ち歩くことはなくなっていった。そうする必要がある場所へわざわざ足を踏み入れること自体なくなったのだ。逆に言えば自分自身からそうした場所に、心の中で閉鎖《シャッター》マークをつけていったのである。何もかもを自分で破壊《シャッター》してしまう前に。

わたしは高校卒業を自ら証拠づけるための小説を書くことにいよいよ躍起になった。親友の彼は、ひたすらアルバイトに精を出した。先に成果を出したのは彼のほうだった。ビル掃除のアルバイトをしながら、懸命に独学し続けた結果、ついに金と留学資格の両方を得て、アメリカの西海岸に旅立っていったのだ。

後から聞いた話では、彼の父親は気鬱《きうつ》に冒され、ずっと前に働くことをやめてしまっていた。何年もかけて家族がしっちゃかめっちゃかになる中で、彼がとんでもないど根性をみせたのだという事実に、わたしは自分がそうしてのけたかのような喜びを味わった。

ある朝、わたしは彼を空港まで見送りにいった。彼のバイト仲間や、彼の母親もいた。

「握手でもするか」

空港のチェックイン・ゲートに入る間際、見送る側に立ったわたしに、彼がそんなことを言った。

「そうするか」

軽い調子でわたしは同意した。空白の未来を前にした十八歳の少年が二人いれば、そんな調子にならざるを得ないものだ。怯えや不安や、寂しさなんかおくびにも出せない。いったんそれらを表に出してしまったら、それこそとめどなく何もかもぶち壊し《ブロークン》になるんじゃないかと怖くて。

わたしと彼は、さらりと握手を交わした。わたしの知らない彼のバイト仲間たち、そして彼の母親とも握手すると、彼はくるりとわたしたちに背を向け、去っていった。振り返らず、まっすぐに。

帰りの電車の中で、残された者たち同士、楽しく会話をした。彼が自力でスタートラインに立ったのだという事実は、他人同士であるはずのわたしたちを勇気づけ、大いに盛り上げてくれた。

しばらくして、みな電車を降り、わたしは一人になった。わたしは先頭車輌の隅まで移動し、そこで我慢できずに泣いた。

寂しさに襲われたせいでもあったが、彼を祝福する気持ちのほうが強かったと思う。よくやったな。そう思うだけで涙が止まらなくなった。車輌の隅の壁に体を押しつけ、ほかの乗客に背を向けたまま、靴の爪先にぽたぽたこぼれ落ちる涙をにらみ続けた。

彼が飛行機の中で泣いたかどうかはわからない。前途に対する不安は、わたしなどよりはるかに強かったはずだ。それでも彼は、抜け殻になってしまった父親を置いて前へ進む決心をし、長いこと望み続けた英語圏へと旅立った。もうわたしから英語を学ぶ必要もなくなったのだ。

逆にわたしはそれからも、十六のときに死んだ父親の影に執着し、日本語にしがみつくようになった。死という観念をもてあますのと同じように、日本語をもてあましながら、必死に制圧しようとしていた。

小説を書くことは、そうした日々から生還するゆいいつの手段だった。そのとき作品が形になる過程で起こったことがらも多く、書くべきかもしれない記憶は色々とある。だがどれも入り組んでいて、今のこの物語にはふさわしくない。それらはまた別の物語なのだ。

やがて書き上げた原稿を――その分厚い紙の束を――どうするかということについては、実のところ何も考えていなかった。賞に応募し、出版社に原稿を送りつけるという考えを与えてくれた友人がいて、そいつが言うには、わたしと同年代の読者がたくさんいるジャンルの賞があるから、そこに原稿を送るべきだ、とのことだった。

わたしはその賞の規定を読んだ。定められた枚数と書式に合わせるには、さらに原稿と格闘する必要があった。それが処女作になるなんて思うわけがない。ワープロ、インクリボン、フロッピーディスク、感熱紙といったものを、なんとか駆使することに没頭した。

そうしてできあがったものを封筒に詰めると、リュックサックに入れ、自転車に乗って郵便局に行った。家を出るときも、郵便局に辿り着くまでも、気楽な調子だった。むしろ、ようやく原稿との孤独な格闘から解放されたことで、清々するような気分でいた。だが、郵便局に入り、原稿の詰まった封筒を持ってカウンターに行こうとして、急に立ちすくんでしまった。まぎれもない恐怖が、足を止めさせたのだ。

握手を交わしてくれる相手は誰もいなかった。一緒にわたしの原稿を見送ってくれる者とてない。わたしは一人でそこに立っていた。闇雲に進み続けていた道が終わりを迎え、見知らぬ世界がその先に続いていることに怖れおののく思いだった。

この原稿が駄目だったら？　そんな思いが初めて湧き、心は即座に反論した。もともと何の目的もなく書いていたものじゃないか。卒業の実感があればいい、これで何かが終わった。高校生活にエンドマークをつけるためだけにこうしてるだけだ。何も怖がることなんてない。

だがわたしは怖かった。完全に、前へ進むこともできずに怯えきってしまっていた。見知らぬ大人たちや、自分がいるこの社会に、自分の原稿を預けてしまうことが、こんなにも怖いことだなんて知りもしなかった。そんなことは誰も教えてくれなかった。

"Ok"

I said to myself or my future or whatever I should.

そのとき、長らく失われていた英語の呟きが、自然と口からこぼれだしたのを覚えている。いったい何を呟いたのかは正確にはわからない。ただ、

「がんばれ《スタンド・アウト》――ただ《ジャスト》、与えられた札《スタンド・パット》で勝負しろ」

そういうフレーズがわたしを鼓舞してくれたのは確かだ。自力でアメリカへ旅立ち、わたしというろくでもない教師から離れていった親友のように、わたしも与えられた札を最大限に使い、それだけを頼りにして、最初の一歩を踏み出さねばならなかった。

怖れずに。いや、むしろたっぷり怖い目に遭えばいいのだ。どうせ人生には山ほど錆

びた爪が生えていて、いつだってこちらにつかみかかり、痛い目に遭わせようとしているのだから。そうであれば逃げずに立ち向かい、こちらに何ができるか教えてやれ。

Dread or Dream, that's all. I knew that. Always. I have to bet to the choice which never changes in this fuckin' world.

びびるか《ドレッド》、夢を見るか《ドリーム》。止まるか、進むか。それだけの話、それだけが変わらぬ選択だ。自分がどっちに転がるか知りたいなら、自分自身をサイコロみたいに振ってみればいい。ポケットに飛び出しナイフはもう必要ない。結局そんなものは何の役にも立たないのだ。ナイフで人生に勝てっこないんだから。代わりに手にしたこいつを目的の相手へ送りつけるのにいくらかかるか教えてもらおうじゃないか——

「やっちまえ」

そう呟いて郵便局のカウンターまで歩いてゆき、どさっと封筒に詰めた原稿の束を置いた。意外に大きな音がして、その紙束の重さにちょっと自分で驚いていた。

郵送料を確認し、金を出すとき、ちらりとページの前後を間違ってやしないか、とんでもない勘違いをしでかしてやしないかと不安が湧くのを覚えた。

だがそのときにはもう、それやこれやの心配事はすっかり原稿と一緒に目の前に投げ出し、運を天に任せる気になっていた。

それが最初の歯車になるなんて誰が想像できただろう。そのときはただ、十八歳の夏の日の、ある出来事にすぎなかったのだ。

まあこ

「実は、ちょいと髪型を、整えてやって欲しいんだ」

友人の曽田《そだ》から、そんな風にその仕事を頼まれたのが、始まりだった。

「お前のか？」

私が訊くと、

「いやいや。まぁ……女の、な」

曽田は、それ以上のことは、ここでは口にしかねるというように、言葉を濁した。

その様子に好奇心をそそられ、

「俺が働いている店を教えるから、一度、つれて来いよ」

友人の紹介ということで初来店でも優先的に予約を入れてやれるから、と親切めかして言ってやった。すると曽田は、何やら意味深な、いたずらっぽい笑みをみせた。

「実は、外へつれて行ってやれない理由が、あってな。どうだろう。報酬ははずむから、うちに来て、ひと仕事やってくれないか？　頼む。俺は髪に関しちゃ素人でな。正直、お手上げさ」

口調は真剣である。よほど自分でどうにかしようとしたのだろう。だが、その努力がことごとく無に帰したらしいことが、口ぶりから察せられた。

曽田と私は高校時代の美術部仲間で、卒業してから十二年を経た今でも、たまに当時の仲間同士で酒の席を設けていた。その日も、五、六人で飲んでいたところ、実は折り入って頼みがあるんだが――と、曽田から話を持ちかけられたのだった。

曽田は高校から美大に入り、絵からまもなく立体へ転じて、複雑怪奇なオブジェを――鉄やガラスの塊などを見せられたりしたものだ。一方、私は高校を卒業して専門学校に入り、美容師の道を進んだ。本格的に仕事を始めてからしばらくして人気ヘアスタイリストに気に入られ、それがきっかけで一人前の仕事を任されるようになった。雑誌などで取り上げられることもあり、仲間内では、ちょっとした出世頭扱いされていた。

「ここは、プロの好河《よしかわ》に頼むしかなくてな。もちろん値が張るのは分かってる。何せ例の……カリスマさんとか言う、有名人の一番弟子なんだろう？」

「あの人の一番弟子は、大勢いるからな」

　私は苦笑した。カリスマさん、という言葉に滑稽さを感じたのだ。ずいぶん親しみやすいカリスマもいたものだ。事実、私にチャンスをくれたそのカリスマさんは、丁寧な仕事に加えて、饒舌なほどの喋りが業界人から好まれる、いわゆる売れっ子だった。

「それに、あの人が有名になったのは、沢山の有名人があの人を気に入ったからさ」

「その、有名人に気に入られた有名人に、お前は気に入られたわけだ」

　だから大したもんだ、というような論法だった。曽田のその無邪気な態度が、私には羨ましくもあった。高校を卒業して十二年といえば、友人との差が意識される頃だ。誰それが世間で評判だ、などという話題には敏感なはずである。なのに曽田には、実に素直に私のステップアップを祝ってくれる雰囲気があった。おそらくそれだけ余裕があるのだろう。

　私はそうではない。競争の激しい業界にいるせいか、相手の動向が気になって仕方がない。だが曽田には、競争相手というものがいなかった。群を抜く、という言葉があるが、高校時代から今に至るまで、曽田がまさしくそれだった。曽田が美大を目指し始めたのは、高校三年生の夏である。それまではなんと経済学部に行くつもりだったという。そしてたった半年の間に、ひょいと塾を覗き、どこそこの先生に話を聞くなどし、「まぁ何となく分かった」などと言って、難なく美大に合格してしまった。

そんな曽田なので、分け隔てない性格でみなに親しまれる反面、彼がどこでどんな仕事をしているか誰も分からなかった。数ヶ月から数年で、全く違う仕事に変わるからである。市の依頼で市役所にオブジェを建てていたかと思えば、特撮映画の造型監督の仕事で稼ぎ、その数ヶ月後には家具のデザインにのめり込んだ挙げ句に賞を取り、かと思うと今度はスニーカーのデザインを大手企業と一緒にやっている、という具合である。

その多才ぶりもまた、私に羨望を抱かせるには十分だった。ひたすら地道に修業を続け、多額の月収などとは無縁でやってきたところ、ようやく、そのカリスマさんのおかげで光明が見えたのである。初めてヘアスタイルからメークアップまで一任された芸能人が、雑誌の表紙を飾ったときの感動など、曽田はおそらく十年前に通り過ぎているのだろう。それも、「まぁ何となく分かった」という具合に。

そういう相手から、

「事情があってな。お前以外に頼める奴がいないんだ。無茶なことを言ってるのかもしれんが、素人の浅はかさだと思って許してくれんか」

などと「自分には無理だから」と頼まれるのは、正直、とても良い気分だった。

それに、先ほどから「事情が」「理由が」と口にしつつ、ちっともその内容を明かさないことにも、強く興味を惹かれていた。女とは誰か？　家族か、恋人か？　もしかすると、病気か怪我か、そういった理由で寝たきりなのかもしれず、曽田はずっとその相手の面倒を見ているのかもしれない──そんな、感傷をそそるような推測を抱いたりもした。

「曽田の頼みだからな。店より、割安でやってやろうか？」

 やや恩着せがましく返すと、曽田は、ほっとした顔になった。

「頼む。ちゃんと払うから。とびっきりの美人にしてやってくれ」

声を低めて言う。そのとき他の仲間たちはすでに大いに酔いどれ、会社の悪口を喚き散らしたりしている。そんな中、曽田から何やら秘密めいた頼み事をされているのだという、ささやかな優越感を抱きつつ、その「彼女」に会わせてもらう日取りを決めた。

「どんな子なんだ？」

曽田は財布から一枚の、やや古ぼけた写真を取り出した。こちらには手渡さず、テーブルの陰に隠すような見せ方をした。

美人だった。いわゆる小顔で、ロングの黒髪に、切れ長の目。どこか冷たいものを感じさせる表情のくせに、かすかに微笑んだ唇や目元が、ぞくりとするほど蠱惑的だった。

「まあ、だいたい、こんな感じだ」

曽田は、変に遠回しな言い方をして、すぐに写真を隠してしまった。

「だいたいって……本人の写真じゃないのか？」

「まあ……本人だ。そう思ってくれて間違いない」

ふざけた返答だが、あくまで真面目な口調だった。私は首を傾げつつ、色々と想像を刺激させられていた。もしかすると怪我か何かで顔がどうかなってしまい、人前に出られないようになってしまった？　だから店にも来られないのか？　あるいは、見せられた写真が古ぼけていたことから、それが実は過去の顔であり、現在は老いてしまったとか？

「歳はいくつなんだ？」

教えてくれるかどうか分からなかったが、一応、訊いた。すると曽田は、ちょっと首を傾げ、少し考えるようにして、こう答えた。

「二十歳……かな」

「若いんだな」

意外だった。となると老いたという可能性は消えた。あとは顔に何か問題があるとか、体の具合が悪いとか、そういうことだろう。もしかすると——若くして死んでしまったため、死に化粧でも頼まれるのだろうか？　私の想像は、そんなところにまで広がっていた。

「よろしく頼む。詳しいことは、また、な」

曽田は、他の者に聞かれると面倒だから、というように肩をすくめて話題を変えようとした。残りの質問は全て、実際に彼女を紹介してもらってから、というわけだ。

その前に私は最後に一つだけ、質問を投げてみた。

「名前は何て言うんだ？」

曽田は、また考えるような顔になり、

「まあこ……かな。やっぱり」

と、不思議な答え方をした。

妙に間延びした変な名前だな、というのが、そのときの私の印象だった。

まあこ——それは本名だろうか。本名だとしたら、どういう字を書くのだろうか。それとも平仮名による名前なのか。いったいどういう意図で、ア音の後にまたア音を続けるような、子供っぽい発音の名前にしたのだろう——

店の後片付けをしながら、そんなことを考えていると、

「——ねえ、好河ちゃんったら、聞こえてんのぉ？」

甲高い声が上がった。かと思うと、ついでに、というように尻を撫でられた。

「あ……すんません、木俣《きまた》さん」

振り返ると、細い目と、目が合った。三白眼というのだろう。白目がちの瞳に、あからさまに誘うような光を溜め、細っこい長身に、しなを作ってすり寄ろうとする。

木俣——例のカリスマさんこと、私が勤めるサロンの代表の、男だ。木俣に気に入られたことで私は良い仕事を回してもらえるようになったわけだが、しばしば仕事中でも体に触れてくるのは正直、困りものだった。噂では気に入った男はことごとく「食って」きたというから、もしかすると困ったどころではないかもしれない。

「ねえ、あなた明日、オフよねェ？　空いてるゥ？」

などと休日のたびに声をかけられるのだ。

「明日は、ちょっと友人との約束が……」

「あら、それって一晩中？」

「はあ……。まあ……」

他のスタッフが木俣につかまった私を見やって、くすくす笑う。私が何とか愛想笑いで切り抜けようとしていると、そこへ助けの声が飛んだ。

「好河さん、あたしとの約束を忘れてるんじゃない？」

咎めるような口調に、いたずらっぽい響き。

「もう、ずーっと前から約束してるのに。好河さんてばすぐ友達の用事を優先しちゃうんだから。あたし、本当に好河さんの彼女なのか自信なくすよ？」

悦子《えっこ》が、さも呆れたように腰に手を当て、言う。まだ二十二になったばかりの、このサロンでは一番若手の女性である。木俣が露骨に言い寄ってくるのに対し、私とのつき合いを上手に公言することで、何かと助けてくれる存在だった。

今も、私をうまく庇いつつ、自分も約束をすっぽかされているといった態度を強調して、木俣とぶつかって機嫌を損ねることを上手くかわしていた。

「ああ……ごめん。友人に、頼まれて……断れなくてさ」

私も悦子に合わせて申し訳なさそうに言う。本当は明日、曽田と会って話を聞いた後、悦子と待ち合わせる約束だった。

「好河ちゃんたら。頼まれたって、なにをォ？　悦ッちゃん放って浮気ィ？」

「いえ……友人の彼女の髪を、整えてやってくれって」

「あらっ」

木俣が目をすがめるようにして私を見た。悦子が、馬鹿なことを言うなと、本気で私を咎めるような顔になる。店を――木俣を通さず、プライベートで仕事を受けるのは、あまり良いことではなかった。別にそういうルールがあるわけではないが、木俣を不機嫌にさせるのである。だが私はそれについてすでに言い訳を用意していた。

「無料なんです。代わりに、再来週の、練習台にさせてもらおうかと思って。店のお客さん相手に練習するわけにもいかないし」

「ふぅん。再来週のね。なるほどね」

木俣はちょっと面白くないが、そういうことなら許しても良いか、という風にうなずいている。再来週とは、木俣が私に振った仕事の一つで、とある有名歌手のヘアスタイルとメークアップを頼まれていた。私をこのサロンの代表にしようという木俣の心積もりによる仕事である。木俣自身は、海外へ出て活躍する算段を整えつつあり、国内での仕事は私に回すようになっていた。私にたっぷりと恩義を売りつけて代表にし、いざ海外で失敗したときにいつでも店に戻れるようにするためである。

だが私にとって大いなるチャンスであることに変わりはない。

「道具も自分のを使いますし。迷惑はかけません」

「お店に来させれば良いじゃないのォ？　どこでやんのよォ？」

「どうも友人の彼女は体が悪いらしくて、動けないそうなんです」

私は適当なことを言った。本当に曽田の彼女かどうかも分からないのである。だが、これは、さらなる情状酌量の余地を与えてくれることになった。

「あらぁ可哀想に。いいわ。根性入れて、とびっきりの美人にしてあげなさいよ。そしてそれと同じくらい、再来週の件も性根を据えんのよ？　いい？」

口調はなよなよとしているが、根性論の好きな木俣らしい言い方で、私は許された。


翌日、私は曽田に電話を入れた。

曽田から家に来て欲しいと言われ、住まいの場所を詳しく聞き、私は車を走らせた。途中、何度か携帯電話で位置を確認し、やがて曽田の家に辿り着いた。

ちょっと唖然となるほど大きな家だった。古くからある家らしく、風情のある玄関の木戸を開いて曽田が出てきた。

「よく来てくれた。入ってくれ。誰もいないから気兼ねする必要もないぞ」

入り口をくぐると、なんとも広い玄関に、曽田の仕事道具らしきレンチやドリルが無造作に置かれていた。

「お前、一人で住んでるのか？」

「叔父の家だったんだが、今じゃ誰も住みたがらなくてな。ま、俺にとっては仕事場とセットになった住居が安く借りられるんで、何も文句はないんだが」

曽田は何やら訳ありのような顔で言った。こんな空間に一人で住んでいては、贅沢を通り越して不気味ですらある。知らぬ間に誰かが入り込んでも、すぐには気づかないだろう。

「茶でも淹《い》れよう。座ってくれ」

私は居間に入って、古いソファに腰掛けた。テレビやら食卓やらが広い部屋で変に密集しており、そのソファ周辺でしか生活していないことが、ありありと分かる居間だ。

「叔父さんはどうしてるんだ？」

茶を用意する曽田に、私は訊いた。

「入院してててな。うちの父親がたまに面倒を見てる」

「入院？」

「色々あってな。放っておくと斧やら鉈やら振り回し始める」

「おいおい」

「本当さ。それで娘を一人、叩っ殺しちまった。叔母はその前にノイローゼで自殺してる。息子が一人いるが、山奥で療養中だ」

「療養？」

「アルコール中毒でな。酒をやめさせようとしたら痴漢の常習犯になっちまって、何度か捕まってる。要注意人物ということで、親戚一同が協力して閉じこめたんだよ」

「めちゃくちゃだな」

「ああ。めちゃくちゃだ」

曽田は苦笑しながら言った。先日の飲みの席では言葉を濁らせていたのに、今は訊くそばから何でも答えてくれた。こちらが気圧《けお》されてしまうほどに。

「この隣の部屋を、俺の作業場に使わせてもらっててな。そこで娘が死んだらしい」

「お前……よく一人で住めるな」

「はは。俺の最近の心配事は、樹脂が上手く固まるかとか、ペイントにむらが出ないかとか、そういう即物的なものばかりだからな。対処法も、即物的なのさ」

「対処法？」

「怖くて眠れなくなったら、徹夜で仕事をするんだよ。翌朝はぐっすり眠れる」

なんとも肝の据わった返答だった。確かに、不気味ささえ我慢すれば、交通の便にせよ何にせよ、この上なく便利な家なのである。特に曽田のように、立体造型という、やたらとスペースを食う仕事にあるものにとっては他に代えがたい環境なのだろう。

「……で、お前に頼みたいことについて、なんだが」

曽田が、あっさりと本題に入った。私は、はたと我に返った。そう。ここには仕事の話をしに来たのだ。しかし今の話を聞く限り、この家に関して女はもはや存在しない。では病院などに入院でもしているのだろうか？

「お前の言う女は、どこにいるんだ？」

「この家さ」

当然だろう、というように曽田は言った。

「——なに？」

聞き返すまでに僅かに間があった。軽い思考停止を味わったのだ。

「この家？　お前一人じゃなかったのか？」

「まあ……とりあえず、俺の仕事を説明しよう。ちょっと待っててくれ」

曽田は言って、居間を出た。すぐに両手に色取りどりのゴムの塊を抱えて戻ってくると、「こいつが何だか分かるか？」

面白がるような笑みを浮かべ、それらを一つ一つテーブルの上に並べていった。

私は、啞然となったまま言葉もない。

そんな私の無反応さに、

「なんだ、分からんのか？」

曽田は、つまらなそうに肩をすくめた。とっておきのジョークが通じなかったような、がっかりした表情だった。

「ウケると思ったのに」

「いや……驚いた。お前、これって……」

あまりに直接的な形状をした物体を、咄嗟にどう呼んだら良いか分からなかった。

「アダルトグッズっていうんだ」

曽田は、あっさりと言った。日常品について説明するような口調である。ピンク色のゴムの塊を一つ手に取り、卑猥な形をしたリアルな襞《ひだ》を指で広げながら、訊いた。

「いざ作ってみると、なかなか苦労するぞ。使ったことあるか？」

私は慌ててかぶりを振った。

「現代人にしちゃ珍しいな。こういうの、彼女に買ってやらんのか？」

曽田は真面目に諭すように、鮮やかな水色をした男性器そっくりのものを私の目の前にかざしてみせる。性器の周辺に、やけに可愛いカエルやらパンダやらが彫り込んであった。

「ジョークグッズともいうな。基本的には置物扱いなんだ。何に使用するかは自由だが、問題が生じたとき、こっちに責任はありませんよってな具合だ」

「……問題って？」

「さあ。こいつを三本まとめて入れたら、どうにかなっちまったとか」

「かんべんしてくれ」

私は苦笑しようとして、顔が歪むのを感じた。まさか曽田が――いつも群を抜いて私より先を行っていた男が、こういう猥褻なものに携わっているとは夢にも思わなかったのだ。そのことを、どう受け取って良いのか、まるで分からなかった。

「この世で最も実用的な、造型だ。市役所の像なんぞ、こいつに比べりゃ石ころみたいなもんだ。ま、石ころにも風情はあるが、こいつを作ってるときのほうが遥かに楽しい」

曽田は私の気持ちに構わず、嬉々として言った。私はもしかすると、このときすでに気づいていたのかもしれない。飲みの席で、最初に曽田が言葉を濁したのは、なにも自分の職業について口にするのをためらったためではないということを。

自分がどんな仕事をしているかなど曽田は頓着しない。そういう男ではない。単に、私を気遣ってくれたのだ。私の職業や評判を考慮して。「そんなもの」に関わったということが、職場での私の不利益にならないように。

「グッズ作りのうち、俺は型作りをやらせてもらってる。中のモーターやら何やらは別の業者がやってる。で……こいつらは、いわば基本でな。この発展形が、また面白い」

「発展形……?」

「見るか？」

曽田は笑って立ち上がった。私は、来いと言われる前に、何やら引き寄せられるようにして、ふらふらと腰を上げ、曽田の後について居間を出ていた。

隣の作業場——この家に住んでいた娘が死んだというそこは、まるで色彩豊かな肉屋だった。ただの肉ではない。全て人の肉である。むろん本物ではなく、あくまで人を模した、樹脂やら合成ポリマーやらの塊である。それが、広い部屋の至るところに並べられているのだ。

「こいつの注文を受けたときは、笑い転げちまった。ほら、傑作だろ」

実際に笑いを嚙み殺しながら、スポーツバッグを手渡した。私はそのバッグのチャックを開いて、ぎょっとなった。なんと手足も頭もない、女の体が入っていたのである。もちろん模造品である。体の感じからして十二、三歳の少女の体を模したのだろう。異様なのは股間だった。先ほど見せられた、女性器を模した「使用可能」なゴム製品を備えているのである。

いまだかつて想像だにせぬものを見せられ、私はバッグを抱えたまま凍りついていた。

「なんだ……これ」

「持ち運びに便利な、ゆかりちゃんだ」

「ゆかり……ちゃん？」

手も足も頭もない胴体だけの少女の人形に名前があることに、私は何とも言えぬ気持ち悪さを感じた。

「そういう名前で売られてるらしい。頭や腕や脚は別売りで、基本はそのバッグと胴体のセットだ。チャックを開けばすぐに使えるってんで評判がいいんだそうだ。部屋に置いておくにも一見してただのバッグにしか見えんのも便利な点らしい」

曽田は実に面白そうに、そう解説してのけた。私は目眩がするような思いでバッグのチャックを閉め、それを棚に置いた。部屋中が、そうした「便利な道具」で溢れかえっていた。芸能人の手や足を模したというもの、頭だけの女、様々な形の乳房——それらバラバラのパーツから目を背け、

「こんなのは人間じゃない……」

思わずそんな言葉が零れた。

「そりゃ、人形だからな。これが人間だったら俺が困っちまう」

「人の形さえしてないじゃないか」

「基本は部分売りだからな。全身は金がかかるしスペースも食う。捨てるのも困るだろ」

「そうじゃなくて……」

「もちろん全身もある」

その一言で、私は呆然となった。いったい自分が何をやらされるか、分かったからだ。曽田は、やっと本題に入れるというように部屋の奥に行き、ビニールをかぶせてあるものに向かって手を振ってみせた。

「こいつらは全員、特注だ。一体作るのに二、三週間はかかる」

手近なもののビニールをはがすと、中から女の人形が現れた。等身大で、服は着ていなかった。曽田らしい丁寧な作り込みが見て取れる、精巧な道具だった。私は、腐臭が漂ってくるような気分を味わった。実際は化学薬品と樹脂の匂いなのだが、死体の山を見せられているような気がしたのだ。

「これを、買うのか……。こんなものが部屋にあったら不気味じゃないのか」

「そうか？　独り身の男には、こいつらがいてくれたほうが安心するんじゃないか」

「安心って……」

「部屋を縫いぐるみや人形だらけにする女がいるのと同じだろ。それに比べて、ちょいと実用的ってだけさ」

「切るのか……？」

「ん？」

「髪だよ……。俺に、こいつの……これの髪を、切れっていうんだろ」

曽田は、いたずらっぽい笑みを浮かべて、うなずいた。

「まあ、そういうことだ。とはいえ、こいつらの髪は、既製品を使っててな。別に切る必要はないんだ。お前さんに頼みたいのは、一人だけさ」

「一人だけ……？」

「爪の先から髪の毛一本に至るまで、全てオーダーメイドのやつがいてな」

曽田はそう言ってさらに奥へ進んだ。そこに、何かがいた。頭からビニールをかぶせられた状態で、きちんと膝を揃えて椅子に座り、まっすぐ前を――私の方を見ていた。

「俺の最高傑作だ」

曽田の手がビニールを取った。私は息をのんだ。艶めく黒い髪、切れ長の目、長いまつげ。ほっそりとした面立ちのくせに唇はひどく肉感的で、口元や目元に浮かんだ微笑に、ぞくりとするような淫蕩の気配があった。

私は、咄嗟に相手が人形であることを忘れた。今にも立ち上がって声を発しそうな出来映えだった。なぜか、彼女だけ衣服をまとっており、そのことを残念がる自分がいるような気がして、何とも落ち着かない気持ちにさせられた。

「彼女が……まあこ、か？」

口にしてから、人形を彼女と呼んでいることに気づき、私はさらに動揺を感じた。だが曽田はそんな私には構わず、

「ああ。こいつの髪は一本一本、自分で植えたんだが、髪が全部同じ長さだってことに、植毛してから気づいたのさ。なんとか髪型を整えようと思ったが、どうも俺の腕じゃお気に召してくれなそうなんでな。お前に頼んだってわけだ」

そう言いながら棚から雑誌を取り出してみせた。芸能週刊誌——私にとって思い出深い雑誌だった。その表紙を飾る芸能人の髪のセットとメークアップを、私が担当したのだ。

「この子みたいな髪型にしてやってくれんか。あと、できれば化粧も頼む。お前が顔に塗ってくれたら、あとは俺がコーティングして定着させるから」

「無理だ……」

私は、呆然としてそう返していた。曽田は、意表を衝かれたように眉をひそめた。

「そうか……駄目か。断られるかも、とは思っていたが……」

「いや、そうじゃない。その写真をよく見てみろ。後ろ髪の長さが違うんだ」

曽田は目を丸くして、雑誌をしげしげと眺めた。

「ははあ。そうなのか」

「同じ髪型にするにはエクステを使わなきゃならん。だがそんな綺麗な真っ黒い髪のエ

クステを探すのが大変だ。色合いが変わってしまうんなら良いが」

「エクステ……ってなんだ？」

「付け毛のことだよ。細い糸とかで地毛に結びつけるんだ」

曽田は、へえ、そういう手があるのか、と感心したように呟き、

「ん？　てことは、頼まれてくれるのか？」

にっと嬉しそうに笑って訊いてきた。私は、このとき自分でも理解不能な、異様な気持ちに駆られていた。

今ならそれが嫉妬であったのだと分かる。私は、まあこという美しい人形の創造主である曽田に嫉妬を感じていたのだった。人形の完成度の高さ――その天才的な腕前に対してもそうだが、何より、まあこを自由にできるということに。曽田は彼女の服を自由に着せ替えることができた。その気になればバラバラのパーツにし、胴体だけをスポーツバッグに押し込めてしまうことだってできたのだ。

だがそのときの私は、とにかく腕前を試す良い機会だ、という言い訳めいた思考にすがった。私は、再来週に、ある有名歌手の髪のセットとメークアップをすることを曽田に告げた。

「へえ？　その歌手なら俺でも知ってるぜ。そんな有名人に会えるんだな、お前」

「まあ……な。それで、もしその歌手のつもりで整えて良いのなら、その子のセットは無料でやってやるよ。ちょうど同じくらいの歳だし」

まるで本当の人間のような言いぐさだった。この時点で私は彼女のことを人形とは思えなくなっていたのだろう。あるいは――ただの人形とは。曽田の言う「便利」な部分を、彼女も持っているのだ。そのことが私の中のひどく暗い部分にある感情を刺激していた。

曽田はすぐに了解してくれた。そんな有名歌手だと思って髪型を整えてもらえるなんて、まあこは幸せ者だな、などと言った。問題は場所だった。ここは曽田の仕事場であり、私が腕を振るうべき場所ではない。私は本気でそう考え、曽田に別の場所はないか訊いた。

「他の場所といってもな……」

困ったように首を傾げる曽田に、私はさらに駆り立てられるようにして、こう言った。

「彼女を、俺の部屋に連れて行けば、道具も揃ってるし、色々とメークアップも試せる」

内心では、彼女のために、色々と道具を買い揃えようとさえ思っていた。

「ずいぶん気に入ってもらえたみたいだな」

私の変貌ぶりを楽しむように、曽田は笑った。

「すぐ用意しよう。梱包《こんぽう》用のビニールを持ってくる」

曽田は、実に手慣れた様子で、彼女の腕の関節を曲げ、膝を抱えさせ、一個の「持ち運びに便利」な物体と化せしめてしまった。その様子がまた私の嫉妬心を煽った。自分が嫉妬をしていることにさえ気づかぬまま、彼女の体を、曽田が丁寧にビニールで包み終えるまで、私は、そわそわして待っていた。

そうして、まあこは、私の車のトランクに収められた。

「死体と間違えられんようにな」

曽田がいたずらっぽく言った。私は運転席から、ぞんざいにうなずき返した。

「再来週の、お前の大仕事が終わったら、彼女を迎えに行くよ。それまで預けておくが……念のため言っておくが、すぐに分かるからな」

「なにがだ?」

「使ったかどうかが、さ」

「なに?」

「処女膜付きなんだよ」

私は心の底から不快感を覚え、顔をしかめた。

「馬鹿を言え。俺は俺の仕事をするだけだ」

「なら安心だ。特製品なんでな。いっぺん使うと直すのは至難の業《わざ》なんだ」

「……いくらなんだ、彼女」

「百二十万くらいかな」

私はまた顔をしかめた。値段の高さのせいではなく、彼女に自由に値段を付けられる曽田への嫉妬からだった。私は車を出そうとして、ふと聞き忘れていたことに気づいた。

「まあこって、どういう字を書くんだ？」

曽田は、ちょっと考えるような顔になり、

「ま、お前になら、教えても、まあこは怒ったりせんだろう」

また私の嫉妬をかき立てるようなことを口にしつつ、

「真実の真に、亜種の亜に、心」

「真、亜、心……？　それで、まあこと読むのか？」

曽田が妙に神妙な顔でうなずく。私は頭の中で字面《じづら》を想像し、何やら異様なものを感じた。だがその理由が咄嗟に分からず、代わりにこう訊いた。

「お前が考えたのか？」

「オリジナルは俺じゃない。モデルになった人の名前だよ。お前に見せたろ、写真」

そう言えばそうだったっけ、と私は、いい加減な気持ちでうなずいた。モデルが誰であれ関係なかった。名前さえ分かれば良かったのである。あの美しい人形は今、膝を抱えて自分の車のトランクの中にいて、じきに曽田の手の届かないところへ行くのだ。そのことで私の胸はいっぱいに膨らんでいた。その他のことについては、ついに頭が回らなかった。

「絶世の美女にしてやってくれよ」

曽田のそんな言葉を最後に、私はその家を去った。

まあこととともに。

私は夢中で腰を振った。ほとんど叩きつけるようだった。相手の肩を力を込めてつかみ、乳房に歯を立て、貪るようにして、あらゆる体位で責め立てた。

脳裏に、曽田の家で見たものの断片的な映像が後から後から湧いてきていた。色鮮やかな肉片たち、手や足や頭だけの人形、バッグに収められた少女の胴体。それらが異様な熱気を胸中に生み、私は、無我夢中でそれを味わい、また吐き出そうとしていた。

やがて嵐のような時が過ぎ——

「好河さんってば……急にホテル行こうなんて言ってさー。もう……凄かったぁー」

悦子が、だらしなく四肢を投げ出した姿で、熱っぽい声をかけた。睦み合うというより、お互いの全身で鬩《せめ》ぎ合ったと言ったほうが良いような行為のせいで、部屋の空気にさえ、むっと熱がこもっている感じがした。

「どうしても我慢できなくて」

私は苦笑しながら正直に言った。悦子は、ちらりと意味深な目で私を見ると、

「好河さん、浮気してる？」

と、いきなり訊いた。

「――は？」

私は、ぽかんとなった。咄嗟に何かを言い返そうとして脳裏に美しい人形が思い浮かび、

「いや……」

思わず口ごもるような言い方になってしまった。

「なんで部屋に行かないでホテルにしたの？　別の女の荷物があるから？」

じとっとした目で、悦子は、私を見つめている。泣くか怒るか呆れて笑うか、最もこちらにダメージを与えられる表情を、いつでもしてやるぞというような顔だ。その真剣さが、なぜか心地よかった。まったく悦子は可愛くて機転が利き、文句のつけようがなく、このまま上手く行くようなら、いずれ結婚を申し込もう――などと場違いなことを考えていた。いや、本来ならばそちらの思考のほうが、私にとっては当然なものであっ

たのだろう。

「人形がいるんだよ。友人から頼まれて、髪を切ってやらなきゃいけないんだ」

私はここでも正直に言った。悦子のストレートな態度は、自然とこちらをそうさせる効果があるのだろう。曽田と会ってからの顚末を、一つ一つ詳しく話してやった。むろん、このときはまだ、まあこについて曽田に嫉妬を感じていたなどということは私自身、分かってもいなかったので、それは悦子には話さなかった。

「好河さん、その曽田さんって人に色々見せられて、欲情しちゃったんだ」

悦子が面白そうに言う。私も冗談めかして顔をしかめた。

「馬鹿。違うよ」

「違わないよー。セット代金の代わりに今度その人から、何か一つもらってきたら?」

「何に使うんだよ」

「さあー、何でしょう」

悦子は横たわったまま、上目遣《うわめづか》いで私を見た。膝を抱えるような姿勢が、どきりとするほど、ビニールにくるまれる、まあこを連想させた。私は、暗い欲求が頭をもたげるのを覚えた。

「悦子は使ったことあるのか?」

「あたしはグッズ・バージンだよ」

「なんだそれ？」

「アダルトグッズは使ったことないってこと」

そう答える悦子の脚を、私は大きく開かせた。

――来て。

ひどく甘い声が、どこからともなく聞こえた気がした。

処女膜付きなんだよ、という曽田の言葉が甦る。

私は再び、目の前にいる女の体を夢中で貪り始めた。


――来て。

ふいにそういわれた気がして、はっと目が覚めた。

一瞬、自分がどこにいるのか分からず、慌てて辺りを見回し――

暗闇で、きらきら光る目が自分を見つめていることに気づき、ぎょっとなった。

まあこが、いた。

椅子に座って、ベッドにいる私に蠱惑的な微笑を向けている。

私は、激しく鼓動する心臓を宥めるように、大きく深呼吸を繰り返した。

今いるのは自分が借りているマンションの部屋だ。悦子とホテルに行った翌日――私と悦子は、短い眠りののち、そのまま店に出て働き、ふらふらになって帰宅したのだ。時計を見ると午前二時だった。部屋に帰るなり泥のように眠ったのだが、まさかこんな時間に目が覚めるとは思わなかった。暗闇に自分と人形だけという状態が落ち着かず、私は電気をつけ、ベッドから立ち上がった。

まあこは、じっと私がいた場所を見つめている。

私は、前髪も後ろ髪も同じ長さのまあこの頭に触れ、彼女に似合うヘアスタイルをぼんやり考えながら、洗面所に行って顔を洗った。

軽い空腹を覚えて冷蔵庫からパンと野菜とチーズを出し、サンドイッチを作って齧りながら、牛乳のパックをもう一方の手に持って、ベッドの方へ戻り――

まあこが、私をまっすぐ見ていた。

ベッドの方ではなく。洗面所やキッチンや玄関へと続く廊下の方を。

私は驚愕で息がつまり、

(自分だ――自分でやったんだ)

そう思い出し、慌てて気を落ち着かせた。先ほど頭に触れたとき、廊下の方へ顔を向けさせたのだ。なぜ？　その理由は分からない。頭のどこかで曽田の言葉が甦っていた。

独り身の男にとっては、相手がいることが安心なのだと。自分を見てくれる相手——

（馬鹿な）

自分には悦子という存在がいるのだ。なぜ今さら性玩具である人形に安心を求めねばならないのか。私はベッドに座り、睨むように、まあこの横顔を見つめた。

まあこは、まるで私の内心などとっくに見透かしているとでもいうような笑みを口元に浮かべ、いやに澄んだ瞳を宙に向けている。私はその横顔から、様々な髪型を想像した。お前が驚喜するような髪に仕上げてやる——プロの技で首から上を別人のように飾ってやる。曽田が仰天するほどの出来映えに——いつしか挑む気持ちが込み上げてきて、食事を終えると、私はまあこに近寄った。頭を撫で、そのほっそりとした色気のある首筋を撫で、そのまま手を下ろしてゆき、意外なほど、たっぷりとボリュームのある胸をまさぐり——

——来て。

甘い声で誘われているところを想像している自分に気づき、はっとなって手を離した。

（欲情しちゃったんだ）

悦子の言葉が甦る。馬鹿な——私は思わず後ずさった。ゴムやプラスチックや得体の知れない化学製品の塊に欲情？　私は彼女の胸の感触を消そうとするように、黒く艶めく髪に触れた。しいて意識と感触を髪に集中させる。

他のことは考えない。髪と顔。カットをどう入れるか。エクステンションを使うか使わないか。この人造毛髪は、どの程度の熱にまで耐えられるのか。ワックスを揉み込んでも良さそうか。全体が黒だとどうしても重い印象になる。オレンジ系のロングエクステを上手く使い、毛先にレイヤーを入れるか、それとも全体にレイヤーを施して毛先をスライドカットするか。全体を膨らませて毛束をアイロンでランダムに巻くか、あるいは顔の両サイドをリバースに巻いてみるか――

相手の存在が喚起する暗い欲情を、厳しく抑えつけるようにして考え続けた私は、やがてカーテンの外に陽の光が満ちていることに愕然となった。

時計を見て――危うく声を上げそうになった。午前九時過ぎ。約七時間近く、無言で人形の髪をいじり回していたことになる。いや――本当に無言だったのだろうか？　私は喉がからからに渇いていた。まるで一晩中、誰かに話しかけていたように。私は置きっぱなしにしたせいですっかりぬるくなった牛乳を一気に飲み干した。

振り返ると、まあこは、私を見ていた。まっすぐ――立っている私を見上げていた。

私はそのことについて考えるのをやめた。どうせ私自身が無意識に動かし、こちらを見るように人形の首を動かしたのだろう。

結局ろくに眠らぬまま店に出るしかなく、とりあえずシャワーを浴びて頭をすっきりさせた。浴室から出て振り返ると――やはり、まあこは、廊下にいる私に目を向けていた。その目は未来永劫、お互いが存在する限り、私を見つめ続けると言っているようだった。

私は、ろくに寝ることもできなくなった。

店に出てくたくたになって家に帰り、今日こそは寝ようと思いながらも、気づけば、一晩中まあこを相手に、あれこれと髪型を試行錯誤していた。だんだん首から上だけではなく、衣服とのコーディネートまで考えるようになった。まあこが最もまあこらしく映える姿を幾通りも考え、紙に書き出し、ファッション誌を見比べ、次々に自分でダメ出しをした。そうして、まあこが来てから十日以上が過ぎ――

「ちょっと悦ッちゃぁーん。好河さん死にそうな顔してるじゃないの。少しは手加減してあげなきゃダメよォ」

カリスマさんこと木俣は、出勤した私の顔を見た途端、甲高い声を上げた。悦子は、

「私、全然、好河さんの部屋に入れてもらってないんですよぉーだ」

と舌を出し、木俣のちょっかいをかわしつつ、心配そうな目を私に向ける。私はしいて元気そうに動き回り、いつにも増して客へ愛想良くした。

「明日の件、大丈夫でしょうね、好河ちゃん。相手はミリオンセラーの歌手よォ？」

木俣が念を押すのへ、

「はい。絶世の美女にしてやりますよ」

にやりと笑って答えてみせた。ひどい睡眠不足で憔悴した顔色を、私が自前のメークでごまかしていることに、木俣も、悦子も、店にいる誰もが、気づいていた。

「……ちょっと重荷だったかしらねェ。根性見せなさいよォ」

木俣の応援に対し、私は素直に頭を下げた。

「心配かけてすいません。もう少しでイメージがつかめそうなんです」

「そう？　信頼してるんだからねェ」

「はい。任せてください」

実際、あと少しだったのだ。まあこに最も似合うスタイルを考案するまで、あと一歩だった。私はその日、店の帰りに予約していた衣服を買い揃えた。下着類に至るまで入念に調べ上げた品物を、両手いっぱいに抱えて家に帰った。

玄関のドアを開けた途端、まあこが、部屋の奥から私を見つめているのが分かった。この十数日間、ずっとそうなのだ。どうやら店に出るたびに、無意識に彼女の顔を廊下の方へ向けているらしい。本当に自分がそうしているのかどうかも、考えなくなっていた。

「ただいま、まあこ」

私は、まあこに歩み寄り、買い揃えた衣服を一つ一つ出して見せていった。そして、

「良いかい……？」

震える声で、訊いた。相手にすがるような顔をしていたと思う。これだけのことをしたのだから、という気持ちだった。決してみだらな気持ちではないのだ。許してくれと
――彼女と、自分自身の双方に、懇願していたのだろう。

――良いわ。

まあこが、そう、甘い声で答えてくれた気が、した。

私は、まあこの体から、野暮ったい服を一枚一枚奪っていった。それは、かつてなく胸の高鳴る行為だった。私は、恐れおののきながらも至福を味わった。まあこの腕が、肩が、脚があらわになり、柔らかで完璧な形をした胸が現れ、ひどくいやらしい臍《へそ》が覗き、そうしてついに、「その部分」が私の目の前にさらけ出されたのだった。

全裸となったまあこを前に、私は感動に打たれ、全身の血が酸っぱくなるような思いを味わった。それだけではなく、彼女に衣服を着せてゆくという、この上ない快楽に、身をのたうたせんばかりの戦慄きを覚えた。

私は興奮で荒くなる一方の息を何とか抑えながら、できる限り優しく話しかけ、まあ

こに下着を穿かせ、ブラを留め、ガーターを付け、ドレスを着せていった。アクセサリー類は、メークを終えてから付けるため、傍らに置いておいた。

「綺麗だ……。これから、もっと綺麗になるよ……まあこ」

——嬉しい。

まあこは、肉感的な唇の端に笑みを溜めて私を見上げている。

私は思わず、その顔に、己の顔を近づけようとした。そのとき——

「なっ……なに、やってんの？」

背後から、声が飛んだ。

弾かれたように振り返ると、泣きそうな顔で震える悦子が、いた。

「お前……いつの間に……」

「なっ、何度もっ、ドアベル鳴らしてっ……返事、なくってっ。鍵も開いてて……」

私は、悦子が悲しんでいるのだと思い、ひどい羞恥心と自己嫌悪を味わった。いい男が連日ろくに眠りもせず人形を相手に必死に話しかけていたのだ。その現場を見られたのだ。

「悦子、これは……」

仕事なんだ。友人から頼まれたんだ。どうしても手を抜けなかったんだ——そんな言い訳を口にしようとしながら、相手に近づこうとした。

悦子は私から、ふと部屋の方へ視線をそらし——

「ひいっ！」

悲鳴を上げて飛び退《の》いた。私は呆気《あっけ》に取られて立ちつくした。

「みっ……見てるっ……わ、私をっ、見てるっ……」

私は、何のことか分からず、悦子の視線を追い——

まあこが、じっと悦子を見ていることに気づいた。

私にとっては、もはや珍しくも何ともないことだった。

「ああ、すまん。俺が動かしたんだよ。驚かせたか？」

「あっ、あなたが、動かし……？　動かして……？」

どもりがちな声の合間に、かちかちと変な音が聞こえた。悦子の歯が鳴っているのだと、ややあって気づいた。何とも、凄まじいまでの怯えようだ。

「どうしたんだ？　落ち着けよ」

「そっ……外っ……外に出てっ、いいっ？」

「え？」

「外っ、でっ、話……話して、いいっ？」

悦子は泣き出さんばかりだった。私はとりあえず相手を落ち着かせるため、悦子とともに部屋を出た。まあこの視線が届かなくなると、悦子はやっと息を整え、

「は……話し声がね、聞こえたの。私、浮気してんだ、と思って。現場、押さえてやろう、なんて思って」

涙をにじませながら悦子は言った。私は優しく悦子の背を撫でてやった。

「違うって。練習だよ。ほら、明々後日《しあさって》の歌手のための。お前も研修でマネキン相手にやっただろ？　人形相手に親しく話しかけてさ。痛くないですか、なんて……」

「ちっ、違うのっ。聞こえたのっ。玄関入ってすぐっ！　あ、あなたの部屋の前に行くまで、ずっとっ！　ずっとっ、聞こえてたのっ！　声っ、声がっ！」

「分かったから。静かに。な？　近所に迷惑だろ」

人形に話しかけていた姿を見られたという恥ずかしさから、つい厳しく言うと、

「私……本当に、聞こえたのぉ……」

そう言い募りながら、とうとう悦子は泣き出してしまった。

「部屋に……入らないか？」

「や、やだっ。絶対にやだっ」

悦子は震えながら私の腕を物凄い力でつかみ、叫んだ。

「ねえっ。あの人形、いつまでいるの？　さっさと返しちゃいなよっ」

私はこのとき、部屋の鍵を閉めておかなかったことを心の底から後悔した。悦子がこう人形が理由で悲しむとは思わなかったのだ。私は、できるだけ優しく、

「すぐに、あれはいなくなる。もうイメージは固まった。さっさと仕上げて、曽田に返すよ。曽田も、もうすぐ、あれを取りに来るから。急がないとな」

悦子は祈るように私を見ていた。私は車を出して、悦子を家まで送ってやった。悦子は不安そうだった。私は思いきって、十日前に考えたことを口に出した。

「なあ……木俣さんが海外に行って俺が代表になったら、お前に言いたいことあるんだ」

「――え？」

「けっこう前から考えてたんだ。これ以上の相手とは、もう出会わないなって」

「それって、プロポーズ？」

「馬鹿。少しは言葉を濁せよ。ありがたみ無くなるだろう」

「えへへ……そうだね」

悦子は喜びと不安と恐怖がごっちゃになったように、くしゃっと顔を歪ませて泣いた。

――前髪は左眉へ僅かにかかるように分け、サイドになじむようにカット。毛先をス

ライドカットし、アウトラインもスライドで整える。髪質があまりに違うため、結局エクステンションは使わず、サイドから耳下のボリュームを揃える。

私は、これまで考え抜いた通りに、着々と目の前の髪を整えていった。脳裏では悦子の涙と笑顔が、まあこの透明な眼差しが、交互に現れては消えていた。カットを入れるたびに黒い欲情が消え、代わりにひどく穏やかな気持ちが心を満たしてゆく。

——動きが出るようにレイヤーを入れ、スライドカットでなじませる。フォワード方向に毛束をねじるようにしてツイストブローを入れるつもりだった。

「ちょっと……ねえ。変じゃない？」

思わぬところで異議の声が上がった。私はそれを無視して作業を続けた。まあこを着替えさせたときは快楽で身悶えんばかりだったが、今の作業はそれとは対極の感情を私にもたらしていた。どこまでも澄み渡るような平穏——

「かんべんしてよ。違うでしょ、これ。お見合いに行くんじゃないんだから」

馬鹿を言え。お見合い以上のものだ。これから、お前は売られていくんだぞ。一生の相手が決まるんだ。もしかすると買ったそばから捨てちまうような相手かもしれないんだ。もしそういう相手だったとしても、俺がそうはさせない。俺がお前を絶世の美女に

「ふざけんなよっ！　やめてよっ！」

いきなり手首をつかまれ、私は驚きに打たれた。なぜ抵抗する？　俺の試行錯誤を無に帰すつもりか？　なぜ黙って座っていない。お前が俺を見ていいのは、俺がお前の頭に触れ、その首を動かしたときだけだ。お前など——

「人形のくせに」

ぼそりと、低い声が、私の口をついて出た。

はっと息を呑む気配が、周囲で起こった。

何かが変だった。私は、何度かまばたきし、ゆっくりと周りを見た。

店に、いた。

木俣が、悦子が、他のスタッフたちが、唖然となって私を見ていた。

私も呆然と立ちつくしている。今の今まで、すっかり自分の部屋で、まあこを相手にしていると思い込んでいたのだ。その手で、まあこの髪を切るリアルな感触まで感じていた。いったいいつの間に、私は店に来ていたのか。怯えて泣く悦子を家に帰してから後の記憶が、完全に消えてなくなっていた。

私は唐突に、自分が誰の髪に触れていたかを理解した。

かねてから木俣に任されていた——有名歌手だ。

「にっ……人形って、言った。この人、あたしのこと、人形って言った！」

歌手は席を蹴って立ち上がり、怒りに顔を歪ませながら立て続けに罵詈雑言を私に浴びせた。私は、すっかり動揺し、慌てふためいて歌手を席に戻そうとした。

「違います。すいません。あなたのことじゃなく……まあこが……」

無理やり取り繕おうとする私は、次の瞬間、猛烈な衝撃に目の前が真っ暗になった。

気づけば床に倒れ込んでいた。鼻の頭にじんじん痺れるような痛みがあった。涙で視界がぼやけ、大量の鼻血が口の中にまで溢れ、ぶざまに咳《せ》き込んだ。

這うようにして顔を上げると、木俣が私を見下ろしていた。木俣に、いきなり顔を殴られたのだと、やっと分かった。

「ラリってんのか、お前？」

いつもの木俣からは想像もつかない、低いドスの利いた声だった。

「すいません、これは――」

詫びようとしたところへ、思い切り顔を蹴り飛ばされ、私は痛みでのたうち回った。

「引っ込んでろ。あたしがやる」

もはや悦子のフォローも効果がなかった。私は、大量の鼻血を流しながら閉店まで店の隅で正座をさせられ、スタッフや客たちの憐れみや嘲笑を買い、悦子に悲しい涙を流させた。

だが——本当の悲劇に呑み込まれたのは、それからだった。

「こいつが……まあこ、かい」

木俣が、三白眼をさらに怒りと憎悪で吊り上げ、言った。

「はい……」

私は力無く答えた。店が終わった後、木俣にさらに何度も殴られながら全てを白状させられたのだ。木俣の怒りは凄まじく、悦子が一緒に来ようとするのを禁じ、私を引きずるようにして、家まで来たのだった。

「綺麗に着飾っちまってまぁ。女に入れ込んで破滅するタコは何人も見てきたけどねぇ、ダッチワイフにハマっちまう阿呆は、てめえが初めてだよ。このクズっ」

まあこを見たことで、さらに怒りが湧いたのか、木俣は私を殴りつけると、そばにあった鋏《はさみ》を手に取り、刃を開いて柄の一方を握りしめた。

「あたしはな、これから海外デビューすんだよ。いざってときに、いつでも帰ってこれる店が必要なんだよ。おい、好河よ。てめえは、店の代表にしてやるよ。仕事をしくじったタコに、スタッフがついてくるかどうか、やってみな。毎日、地獄だぜ、え？」

そう言うと、木俣はいきなり鋏を振るって、まあこの顔面を切り裂いた。

「まあこ！」

私は絶叫を上げて木俣に飛びつこうとし——物凄い勢いで腹を蹴られ、その場にうずくまり、げえげえ吐いた。

「うるせえ！　本当ならてめえの顔をこうしてやるところだぞ、クズ！」

木俣は、まあこの目を抉り、鼻を殺ぎ落とし、耳を引き裂いた。唇が切断され、歯が欠け、喉を貫かれた。私は苦痛に震え、恐ろしさに泣いた。自分の手が届く場所で、かけがえのないものが、ずたずたにされてゆくのだ。私の心は幼児のように弱々しくなってしまい、やめてくれと懇願することもできず、ただ頭を抱えていた。

「顔を上げろ」

髪を頭皮ごとむしり取らんばかりに引っ張られ、私は顔を上げ——それを見た。ぐずぐずにされた、まあこの美貌を。殺げた鼻を。抉られた左目を。引き裂かれて捲れ返った唇や頬を。私は子供のように、すすり泣いて、まあこの無惨な姿を憐れんだ。

「てめえがハマったダッチワイフの前で、あたしの面子《メンツ》を潰したことを詫びるんだよ」

木俣が、興奮を押し殺したような声で、言った。

咄嗟に土下座をしようとし、つかまれたままの髪を思い切り引っ張られた。

「馬鹿野郎。もっといいもんだよ」

そう言って、木俣は、自分のズボンのチャックを下ろした。

「しゃぶれや」

一瞬、何を言われたのか分からなかった。気づけば、どす黒い肉の塊が目の前にあった。

私は完全に相手に圧倒され、意思を挫かれてしまっていた。尊厳も感情もない人形と同じだった。なすすべもなく引き裂かれた、まあこのように。相手に髪を引っ張られるままに、最悪の瞬間へと顔を近づける私を、まあこが、きらきら光る目で見つめていた。


「まあこ……綺麗だよ」

木俣が出て行った後、私は自分の怪我の手当もせず、ただひたすら、まあこの艶めく髪に触れていた。考えに考え抜いた通りにカットし、細心の注意を払ってブローを施し、ツイストを作り、ボリュームを整え、毛先を揃えていった。

それから、ずたずたにされた醜い疵痕をいたわるように、そっと、丹念に化粧を施していった。可哀想に――私のせいで、可哀想に。心の中でそう繰り返しながら、

「綺麗だよ……まあこ。とても綺麗だよ……」

私は涙が溢れるに任せ、そう囁き続けた。

――嬉しい。

まあこは、にっこりと微笑んだ。本当に艶やかで完璧無比の笑顔だった。どれほど傷つけられても、まあこは、やはり美しいのだ。私はそれを理解し、幸福にひたった。

そんな私を、まあこは、ひどく満足そうに見ていた。まるで私と、望んだ通りの関係になれたとでも言うように。とすると私もまた、これを望んでいたのだ。衣服を整えることで、やっと、まあこの服を脱がす許しが得られたように。この苦痛と屈辱と絶望こそ、さらに、まあこに触れるための道のりだったのだ。

――来て。

はっきりと、そう囁く甘い声を、私は聞いた。

私は、私の手で絶世の美女にした彼女の胸に、おずおずと顔をうずめた。

何かが、私の背に触れた。まあこの手だ――私は、そう確信した。まあこが私を許したのだ。私は、まあこを、ゆっくりとベッドに横たえた。

そして、その髪と顔を丹念に仕上げたのと同じように、彼女の体を少しずつ丁寧に味わい、開かせていった。まあこが処女であることを、私は知っていた。

翌朝――目覚めると、すぐそばに無惨な顔があった。

私は、込み上げる愛しさと、ほんの少しの憐れみとともに微笑み、彼女に口づけた。

まず私が起き上がり、彼女をバスルームにつれてゆき、丁寧に洗ってやった。特に昨夜、彼女から奪ってしまった部分を。それから彼女を椅子に座らせ、きちんと衣服を整えた。

食事は私だけがした。口の中がひどく痛んだが、彼女が――破滅と同じ価値のある女が自分にだけ微笑んでいるということは、その痛みさえ忘れさせてくれた。

私は優しく彼女に話しかけた。木俣からは、顔の怪我が治ったら店に来いと言われていた。それまで私が店の代表になる準備を整えておいてやると、木俣は言った。

だから私は何の気兼ねもなく、彼女とともにいた。

「うぉっ……」

突然、奇妙な叫び声が起こった。

ぼんやり振り返ると、そこに、曽田がいた。

「お前……いつの間に……」

以前にも似たようなことがあったなと思い返しながら、私は言った。

「いつの間にって……。チャイム鳴らしたし、ドアは開くし、声はかけたし……」

曽田は、ふと、視線を巡らせ、

「む……」

唸るような声を零し、後ずさった。

「なんだ……俺を見てんのか？」

畏怖の表情を浮かべながらも、曽田は、悦子のように怯えたりはしなかった。ただ、曽田の方を見ているままあこを、じっと見返し、

「好河……ちょっと外に出て話さないか」

低い声で、また以前と似たようなことを言った。

「ああ……」

私は素直に従った。頭の中には彼女の値段のことがあったのだ。これほど酷い顔になってしまえば売り物にはならない。弁償せねばならないだろう。だが私はそれを幸福にも思っていた。この上なく自然に、彼女を譲ってくれと言えるのだから。

部屋から出て、ドアが閉まるのを見届けると、曽田は煙草を出して火を付けた。

「マンションの廊下で……すまんな。ちょっと気を落ち着けたいんだ」

肝の太い曽田も、まあこの有様に動揺しているのだろうかと思い、私は黙っていた。

「まあこの顔もひどいが、お前の顔も無茶苦茶だぞ、好河」

「仕事でしくじってな」

「仕事で？　ひどいな。美容師ってのは怖い職業だな」

曽田は真顔で言って、深々と煙草を吸った。

「あの傷……お前がやったのか？」

「いや……」

「調べたのか？」

「は？」

「まあこが、ああいう風に、父親の手で顔をずたずたにされたってこと、調べたのか？」

私は、ぽかんとなった。曽田が何を言っているのか全く分からなかった。

「父親？　まあこは人形なのに？　父親って、お前のことか？」

「……やっぱりな。多分、知らないと思ったよ」

曽田は心底、参ったというように言った。私はそこで、はたと思い出していた。以前に曽田が見せた、写真のことだ。人形のモデルになったという――

「まあこは、今、俺が住んでる家で死んだ娘だよ」

曽田の言葉に、私は息を呑んだ。

「俺の従姉でな。子供の頃、たまに遊んでもらった。あの家に住んでるとな……彼女のことを思い出して仕方がないんだ。なにせ俺の初恋の人だったからな」

「初恋……」

「近所でも評判の性悪女《しょうわるおんな》で、そこら中の男と関係を持ってたって話だが、子供には優しくてな。美人だったたし。子供心に憧れててな。ま……供養のつもりで彼女の人形を作ったわけだ。そうでもしないと、俺の気がおかしくなっちまいそうだったんだ」

「おかしく……？」

「気がついたら、話をしてるんだよ。誰もいないはずの家で。まあこ姉ちゃん、今日も綺麗だねって具合にさ。ひどい怪我だけど痛くないのって。俺は子供の頃に戻って、まあこと話してるんだ。それで以前、仕事相手が家に来たとき、不審がられたことがあってな」

「一人で喋ってるから……」

「違うよ。俺が、家には誰もいないって言うと、さっきまで女性の声が聞こえていたんですけど、って返されたんだ」

私は、その言葉で凍りついた。だんだんと自分の置かれた状況の異様さが、現実的な判断によって理解されようとしていた。そう——悦子の怯え、曽田の態度。それは——

「さっき、お前の部屋に入ったとき、声が聞こえてたんだよ。女の声がな」

「そんな——」

「お前以外、あの部屋に誰もいないってことは、見れば分かる。それに……俺のよく知ってる声だったよ。間違いない。まあこの声だ」

私はぐらぐらと周囲が揺れるような感覚を味わった。

「まさか……。何を言ってるんだ、曽田。彼女は……人形だぞ。お前が作ったんだぞ」

「あの髪、例のエクス……なんとかっての、使ったのか？」

「エクステンションか？　いや……」

「無理だって、お前は言ってたぜ」

「なに？　なにを言ってるんだ？」

「髪だよ。なんで、肩の下まであるんだ。お前が無理だって言った。あの雑誌の表紙の子以上の長さだぞ」

私は、呆然となった。曽田の言っていることが事実だったからだ。

「あの顔の傷……まあこを知ってるやつがやったんでもないな？」

「ああ……」

「まあこはな、叔母の不倫相手との間にできちまった子でな」

唐突にそう告げられ、私は咄嗟に意味を受け取り損ねた。

「なに？　不倫……？」

「まあ、聞けよ。それで、母体に色々あって堕胎《だたい》はできず、世間体もあり、叔父の商売にも影響する。そんなわけで間男《まおとこ》の子供というのは伏せて、我が子として育てるしかなかったんだ。けれども叔父は憎しみを消せず、ひでぇ名前を、その子に付けたんだ」

「名前……」

「亜に心で、なんて字になる?」

私は咄嗟に字面を思い浮かべ、うっと呻いた。

「悪だ」

曽田は言った。

「真、亜、心で、真悪だ。そんな名前を付けられた彼女は、ふしだらな母親から生まれた、ふしだらな娘だと、父親から言われ続けて育ったらしい。叔母は、叔父に一生いびり抜かれてノイローゼになってな……あるとき、ついに、ぶち切れたんだろう。剃刀を振り回して、家族に切りかかった挙げ句、息子に突き飛ばされて階段から落ちて死んだのさ」

「……なぜ、彼女は、父親に殺されたんだ?」

「弟と寝たからさ」

「な――」

「ふしだらだと言われて育った彼女は、その通りだと信じて、そこら中の男と寝た挙げ句、一つ屋根の下に住む、叔父の息子を……同腹の弟を、誘惑したんだよ。別にバレたわけじゃない。まあこは、自分からそのことを話したんだ。叔父を誘惑したあとに……な」

「やめろ。もういい」

曽田は、煙草を、律儀に携帯灰皿に入れて火を消し、言った。

「叔父は、まあこの顔をずたずたにして殺したんだ。俺な……葬式で、彼女の棺に花を入れるとき……縫い合わされた彼女の顔、見たんだよ。そのときの傷と、あの人形の傷は、全く同じだ。まさかな……今思うと、俺があの家に住んだのも、彼女の怨みというか思いというか、そういうもんを形にするために、招かれたのかもしれんな。アダルトグッズにのめり込んだのも、もしかすると彼女の影響で……」

曽田はいったん口をつぐみ、私の顔をまっすぐ見つめると、ぼそりと告げた。

「焼くぞ、あれ。本当に供養してやろう」

「金は……。彼女を弁償……」

「馬鹿。そんなことは良い。お前を巻き込んじまって悪かった。何とかしないと、お前、もっとひどいことになるぞ」

「ひどいこと……？」

「叔父が、まあこの顔をめちゃくちゃにしたのは、自分がそうされたからなんだよ。まあこは叔父が眠ってる間に縛り付けて……」

ふいに廊下の向こうでエレベーターのドアが開く音がした。足音がし、曽田は声を低め、

「とにかく、これ以上、馬鹿なことが起こらんうちに、まあこを――」

「あなたでしょ、曽田さんって」

いきなり声が飛び、私と曽田は同時に、はっと顔を上げた。そこに――泣き腫らした目で、薄く笑うような悦子が、いた。髪も衣服も、くしゃくしゃに乱れた姿だった。

「まあこって言うの聞こえた。あなたが、あの人形を好河さんに渡したんだ」

「そうだが……。君は……?」

呆気に取られる曽田に、悦子は、ひどく疲れたような笑みを浮かべ、

「死んじゃえ」

歩み寄りざま、剃刀を振るった。私の目の前で、曽田の喉元がぱっくりと開き、血が凄まじい勢いで噴出した。ぐぶっ、ぐぶっ、と湿った声を口と喉の傷の両方から発しながら、曽田はひざまずいた。私は愕然となって動けず、ただ悦子が泣きながら笑うのを見ていた。

「私、木俣さんのことも、こんな風に切っちゃった。今頃お店、ひどいことになってる」

「な……なんで……悦子……」

「木俣さんね、みんなの前で……私の前で、あなたがあの人のアレを美味しそうにしゃぶってたって言いふらすの。楽しそうに言うの。そういう男が代表になるけど、みんなよろしくね、だって。だから、切っちゃった。気づいたらそうしちゃってたんだもの。しょうがないじゃない。どうしろっていうのよ、ねぇっ」

悦子は剃刀を握りしめて私へ歩み寄った。

「やめろ――」

「あんな人形なんかのせいで、あなたも私も、めちゃくちゃ。あの人形、まだいるんでしょ？　私が殺してやるから。どいて。あの女――」

私はその悦子の言葉で、なぜか、ひどく動揺してしまった。一方で、ああ、そうか、とも思った。それは問答無用の理解の閃きだった。まあこは自分を産んだ母親からさえも憎まれて育ったのかと。お前のせいで、私はこんな酷い人生を送っているのだと、そう言われて――

「よせ、やめろ！」

私が止めようとすると、悦子は信じがたいものでも見るように目を見開いた。

「あんな女っ、庇うのっ⁉」

一条の光が、私の右目のそばで閃いた。そして次の瞬間、熱い痛みとともに何も見えなくなった。私は無我夢中で悦子の腕をつかもうとし、揉み合いになり、続けて肩や腕に鋭い痛みを感じ、慌てて押しやった。多分――壁か何かに押さえつけようとしたのだと思う。だが、なぜかそこに壁はなかった。いつの間にか私は、悦子の体を持ち上げ、七階の部屋の前の吹き抜けから、叩き落としていた。

悦子の悲鳴がマンション中に響き渡り――そして、ついえた。

私は、右目にひどい痛みが走るのを覚えながら、なんとか残った左目をしばたたかせ、涙で血を流し去った。廊下の向こうでは、曽田が己の血の海で、のたうっている。私は、救急車を呼ぶため、ふらふらと部屋のドアを開き、中に入った。

まあこが、まっすぐ、私を見ていた。

廊下の真ん中に立って。

ずたずたに裂かれた顔に微笑みを浮かべ、透明な目を向けながら、

――嬉しい。

そう囁くのを、私は、はっきりと、聞いた。

木俣は死に、悦子も死んだ。曽田は一命を取り留めたものの、呼吸困難のせいで脳に障害を持ち、認知症のようになってしまった。子供のような口調で、しきりに、そこに

はいない誰かと話そうとするらしい。きっと、まだ生きていた頃の、まあこだろう。私は、長い長い警察の取り調べの後、車椅子を買った。まあこを外に連れ出すには、最も自然な道具だったからだ。

まあこは日々、美しくなっていった。髪は艶めきを増し、伸び続けているようだった。傷が少しずつ消えてゆき、不滅の美を手に入れようとしていた。もしかすると傷のせいで、まあこという存在が、この人形に本当に定着したのかもしれない。

私は、まあこの顔にベールをかぶせて人目に触れないようにし、車椅子に乗せた。行きつけの喫茶店につれて行き、二人分の飲み物を頼む。飲み物はいつの間にか二人分となくなっているときもあれば、そのままのときもあった。身動きせぬ女と、疵痕《きずあと》だらけの顔で右目が見えない男に、店員は憐れみからか、たまにチョコレートなどおまけしてくれる。

私は職を失い、貯金だけで暮らしていた。いずれ、ほとぼりが冷めたら、どこか違う美容室で雇ってもらおうと思う。あれほどの事件を起こしておいて再雇用が可能かどうか分からない。だが、やらねばならなかった。このままでは腕が錆びてしまうからだ。そうなったら、まあこに悪い。まあこを美しくするのは私の役目なのだ。恋人も友人も出世の階段も失い、代わりに、人生を破滅させるほどの女を手に入れたのだ。いや、むしろ私の持っているものが奪われれば奪われるほど、彼女は生気を得て美しくなるに違いない。

私は、まあここに、低い声でぼそぼそと喋りかけた。そのうち、どうしても右目の傷が痛み始め、洗面所にいって薬を塗り込み、痛み止めを飲んだ。

それから、席に戻ろうとして、すれ違った女性の店員に、声をかけられた。

「あの……失礼ですが、あの方は、奥さんですか？」

「ええ。そうです」

私は、あっさりと答えた。店員は遠慮がちに微笑み、

「お二人とも、お体が不自由なのに、すごく、お幸せそうで……憧れます」

「はあ。それは、どうも」

「先ほど、お客様の席のお冷やを注ぎに行ったとき、奥様が呟くのを聞いたんです」

私は、つい顔がほころぶのを覚えた。

「はは。なんと口にしていましたか？」

店員はにっこり笑い、こう言った。

「もうすぐ私の名前通りの存在が生まれるって……お腹に手を当てて仰ってました」

箱

箱を売ろう。

数年前、同僚だった涌井《わくい》が言い出したことだ。

異様な寒さの二月——都内では珍しく雪が積もった週末、俺と涌井と容子《ようこ》の三人で、鍋をつつきながら箱を売ることになった。場所は涌井が住むマンションで、俺と容子が買い出しに行っている間、涌井がその夜の準備を整えた。

静かな夜だった。朝から降り続く雪が街中から音を奪っていた。街中が死に絶えたような静寂の中、俺たちは和気《わき》藹々《あいあい》とした通夜を迎えた。

通夜——俺は親友を、容子は恋人を、涌井は会社でのプロジェクトリーダーを失った。一人の男の死が俺たちを集わせ、ある種のイベントを催すきっかけとなったのだ。

鍋が二巡し、会社の誰々の噂がどうだという決まり切った話題もひと段落すると、

「そろそろ、始めるか」

涌井が、頃合いを見計らうように、そう口にした。

俺と容子は、ほとんど同時に部屋の一隅に目を向けた。

机の上にはデスクトップ型のパソコン——その周囲の椅子やベッドの上では三台のノートパソコンが、多数のウィンドウを開いた状態で起動している。うち二台のノートパソコンは俺と容子のもので、涌井のデスクトップ型に接続されていた。

画面に展開されたウィンドウの数は全部で五十を超え、その全てが大手サイトによくある、無料参加型のネット・オークションのページだった。

当時、俺たちは品川にある大手家電メーカーに勤めており、何台ものパソコンが並ぶ光景は見慣れたはずだった。しかしその全てが多数のオークションの経過を同時に把握する、ある種の監視機構と化している様子は、何やら映画じみた非現実感と興奮を誘ったものだ。

「もう買い手が出てる。お前らも見ろよ」

涌井が上機嫌に言ってマウスを操作し、タブ形式のウィンドウを次々に開きながら、

「どれも十一時を期限に設定してるから、ぼちぼち競争が始まるぞ」

「もう二万円だって。本当に、こんな値段で買いたがる人がいるんだ」

容子が感心して自分のパソコンを操作した。俺も自分のパソコンから、担当した品につけられた値段を見ていった。七千円、一万二千円、四千円、九千円──

「五万円だって……？」

思わず声に出すと、涌井と容子が飛びつくように俺の左右に集まってきた。

「……凄い、嘘みたい」

「相田《あいだ》、他のも見てみろ」

「これが一番高値だ。いや……他のも、どんどん上がってる。こっちも二万を超えた」

みなが感嘆するとも呆れるともつかぬ態度でいた。それは後ろめたさを隠す演技でもあった。敢《あ》えてそれを指摘し、本心を暴くような真似は誰もせずにいた。まだそのときは。

「蔵前《くらまえ》も、良い趣味してたってことだな」

空々しいほど明るい涌井の声とともに、誰からともなく部屋の反対側を見た。俺たちが所持し、まさに売りに出されようとしている品々。壁が見えなくなるほどの高さで積み重ねられた、何十個という数の、大きさも装いもばらばらの──箱だった。

始まりは、男の死だ。

名は、蔵前。俺の親友、容子の恋人、涌井が勤める部署のリーダーだった男。

端的に言って優秀な男だった。入社以来、短期間で成し遂げられた数々の業績。社長賞、最優秀企画賞、社のエース、部署の中心、多くの者の羨望を集め、同じくらい多くの憎しみを買った。わけても俺が蔵前に対して抱く感情は、長年の親交とは裏腹に、日増しに言葉にするのもはばかられるような醜く烈しいものに変貌していった。

蔵前と俺は同期で入社した。初めは同じプロジェクトを任され、二人が容子と出会ったのも同じ飲みの席であり、そしてどちらも勝負にさえならず、俺はただ蔵前が全てを手に入れるのを指をくわえて見ているしかなかった。こいつさえいなくなれば――俺は親交が長かった分、同僚たちの誰よりも本気でそう願うようになった。

そんな思いが目に見えない力となって功を奏したのか、あるいはそういう運命だったのか――蔵前は、あっさり自宅のマンションで死んだ。同じプロジェクトにいた涌井が第一発見者で、部屋の玄関は鍵もかかっておらず、蔵前はベッドの上で永眠していたという。

服毒自殺――警察は、遺体発見の当夜にはそう断定した。それほど几帳面に、蔵前らしい入念さで、旅立つ用意がされていた。枕元には、殺人ではないことの断り書きのような淡々とした遺書。おそらく玄関の鍵も、発見されやすいよう、わざと開けておいたのだろう。

　涌井も俺も容子も、当時は間違いなく衝撃と悲しみを受けていた。だがその胸を刺すような感情も、起こるべくして起こったのだという納得の気持ちが綺麗に飲み込んだ。

　死の半年ほど前から蔵前には奇行が目立った。独り言が多くなり、服装が乱れ、言動がおかしくなった。何時間もトイレの個室に閉じこもる。隣の者に、自分の父母の誕生日を知っているかとしつこく聞く。意味不明の書類を作り、理解不能なメールを社内にばらまく。そんな状態なのにプロジェクトの大部分は進行させていたのだから実際、大したものだ。ただ蔵前はあまりに優秀すぎた。蔵前は出社し続け、上司も休むよう言うだけだった。おかげで誰も蔵前の症状が悪化することを止められなかった。

　俺が見た決定的な蔵前の奇行は、定例報告会でのことだ。じっと黙って宙を見ていた蔵前は、何を思ったか、灰皿に溜まった煙草の吸い殻を食い始めた。みな慌てて止めたが、蔵前は常軌を逸した必死さで灰皿に向かって手を伸ばし、ちぎった煙草のフィルターをむしゃむしゃやり続け、病院に運ばれた。

　天才の崩壊は、哀れで、そして痛快だった。完璧だった男が少しずつ確実に破綻していく様子は、どんな娯楽よりも俺をしみじみとした気持ちにさせ、そして興奮させた。

　俺は、蔵前の恋人だった容子から何度も相談を受け、自分にもチャンスがあることを察した。俺はそれとなく誘い、容子もそれに応えた。蔵前がまだ存命中のことだった。

「知ってる？　あの人の……趣味」

ある日、容子は裸で寝そべったまま、俺にそう訊いた。

「趣味？　仕事人間だとばかり思ってたんだが、あいつに趣味なんてあったのか？」

「確かに娯楽の少ない人だけど……たまに一つの物を気に入って集める癖があるのよ」

「そういえば……俺も、あいつのコレクションを見せられたことがあったな」

俺が今でも印象に残っているのは学生時代に蔵前と一緒に見た映画のことだ。蔵前はいたくその映画を気に入り、パンフレットや設定資料や関連グッズをしこたま買い集めた。映画のセリフを最初から最後まで完璧に暗記し、舞台となったロケ地の地理を調べ、スタッフ一人一人の顔と名前を覚え込んだ。それは趣味というよりも、自分と呼応した何かを分解してもてあそぶような、お気に入りのものを周囲に並べることで自己を主張するような、ひどく防衛的でありながら、どこか刺々《とげとげ》しいものさえ感じさせた。

「何ヶ月か前からかな。あの人……箱を集め始めたの」

「箱……？」

「お医者さんから、何か言われたらしくって……」

俺はそこで初めて蔵前が心療内科に通っていることを知った。

「セラピストから趣味でも持てって言われたのか？」

「うん……そんな感じだと思う」

俺は詳しく蔵前の趣味を知りたくなった。心療内科に通っているという一事が、蔵前の弱点を発見したような、いやらしくも浮き浮きとした気持ちを俺に与えたのだ。

「箱を集めるって、どういうことだ？」

「箱は箱よ。別に何を入れるってわけでもなくて……単に、箱」

容子が言うには、デコレーション・ボックスやパズル・ボックスといって、内容ではなく箱自体に価値がある代物なのだという。

「この前、鍵のない貯金箱を見せてもらったわ」

「鍵のない貯金箱？　なんだそれは？」

「金属の箱なんだけど……複雑なパズルになっていて、分解することで開くの。箱の角を押したり、壁を動かしたり、どうかしてくうちに、ぱかっと開くの」

「何となく、見覚えがあるな、そういうの」

俺がそのとき知っていたのは、東南アジアなどで見られる木箱で、十数個のパーツからなり、直方体の各面や角が連結し合って、巧妙なパズルになっているのだ。

「そんな箱が、何十個も押し入れの中に蔵《しま》ってあるの。空箱ばっかり。中には何も入ってない。入れたい物もないんだと思う。それなのに箱だけ、とても大事そうにして……」

その様子を見ていると、気味が悪くて仕方がない。そう言って容子は泣いた。


俺が実際にその箱を見たのは、蔵前の訃報に接した四日後のことだ。同僚たちと一緒に、形見分けにと、蔵前の両親からその箱の山を見せられたのだが、

「面白いカラクリ箱だが……とんでもない数だな」

涌井のぼんやりとした声が、かすかに震えていた。ただの箱。確かにどれも精緻な出来映えの箱だった。そしてどれも空《から》っぽだった。会社が始まって以来の天才が、ただひたすら買い集めた、箱の群。その光景に、同僚のみならず、蔵前の両親でさえ何か不気味なものを感じていたのだろう。その箱を受け取ったのは、結局、俺と容子と涌井の三人だけで、一人当たり二十個余りという、後日郵送を頼むほどの数だった。

そして、葬儀から数週間後——蔵前の死という俺にとって自虐的な祝福の証《あか》しである大量の箱が、どうにも部屋の面積というか容積を奪って仕方がなくなっていたある日。

「例の箱……高値で売れるらしいぞ」

涌井が、電話で、そう知らせてきたのだった。

それは俺たちにとって、必要な儀式だったのだ。いまだに俺はそう信じている。

その夜、俺たちは、奇妙な連帯感で結ばれていた。涌井一人だったらとても故人の品を転売する気になれなかっただろうし、俺も容子が同意したことで気を良くしていた。最後まで消えずに残る後ろめたささえ、むしろ俺たちを生き生きとさせた。

涌井は金を欲しがっていた。以前からギャンブルにのめりこんでいるという噂を聞いていたが、それは本当だったのだ。俺と容子にも出品を誘ったのは、何も後ろめたさをごまかす共犯者が欲しかっただけではない。オークションに出す上での手続きや写真撮影など一切を請け負う代わりに、売り上げの一割をもらう、というのが涌井の提案だった。一割の謝礼など安いものだ。涌井の努力は見ているだけで爽快な気分にさせてくれた。蔵前という男の最後のよすがであっただろうコレクションを、どこの誰とも知れぬ相手に売り払うべく最新鋭の設備で臨んでくれた涌井に、俺は感動さえ覚えた。

俺の目的はただ一つ。蔵前の抹殺だ。胸の内では嗜虐心《しぎゃくしん》が燃えていた。容子の目の前で、容子とともに、蔵前の遺品を売りさばく。考えただけでも胸が高鳴る行為だった。

俺は最初、容子もまた蔵前の存在を消滅させたかったのだと信じた。他ならぬ、新しい恋人である俺のために——親友と恋人の死を悲しむことで生まれた、二人の関係のために。

「また値段が上がった」

嬉しげな容子の声は、俺を深い部分から癒してくれた。

「こんな金額、本当に払うのか、こいつら」

「きっと好きなのよ。好きなものにはいくらかけても変じゃないわ」

意外なほど積極的な容子の答え。涌井も訳知り顔でうなずいてみせ、

「好事家《こうずか》ってヤツにとっちゃ安いもんなんだよ。自動延長装置もあるからな。値が上がるのはこれからだぞ」

ただ漫然と見ているだけではオークションにならない。希望者からの質問に丁寧に応え、信頼できる売り手であることをアピールしなければ、買い手が尻込みする——涌井も容子もそう言って、ぼんやりしがちな俺をせき立て、質疑欄に書き込みをさせた。

十時を回る頃には、五万、七万といった金額が当然のように並ぶようになり、俺はたびたび涌井と容子の熱心さから少し後ずさるようにして煙草に火をつけ、箱の群を眺めた。

箱は木製が多く、金属製のものやガラス製のものもあった。シックなものからカラフルなものまで、チェス盤のような白黒模様や、表に鏡面を施されたものもある。大きさは最大面がB5サイズ以下のものが多く、最大のものはA3サイズのお中元箱並にでかい。

俺は自分が手に入れた箱の全てを解体することに成功していた。当然のことながら全

て空だった。パズルとしてはなかなか楽しませてくれたが、結局はただの箱なのだ。

それなのに買い手の予想外の多さは何なのか。ざっと計算しただけでも一晩で一人あたり二百万以上、もしかするとそれ以上の金を手に入れられそうだった。たかが箱に、これだけの金額を出す心理を想像しようとしたが見当も付かず、代わりに蔵前への嫉妬が疼《うず》いた。これほど高価なものを、大量に蒐《しゅうしゅう》集できた蔵前の経済力に。他社に引き抜かれないよう数々の優遇を受けていた蔵前。俺との差は歴然たるものだ。親友であることが重荷になるほどに。

今でも覚えている。俺が蔵前と一緒にプロジェクトを進めていた最後の時期。俺が精魂を込めて作った企画書は、大海に飲み込まれる小石のように扱われた。それだけ蔵前の視野と発想が巨大だったのだ。一度で良いから、自分の存在を踏み潰される苦痛を、蔵前にも味わわせてやりたい。ずっとそう思ってきたのだ。そして今が、そのときなのだ。

しかし買い手が一人また一人と増えるのを漫然と眺めるうち、

――なぜ箱なんだ？

その疑問が浮かぶのを止められなかった。蔵前のこの蒐集癖には何か理由があるのではないか。俺は、熱心に質問者に対する返答を打ち込んでいる容子に訊いた。

「なあ、なんで蔵前は箱を集めてたんだ？　以前に、治療がどうとか――」

容子は貼り付けたような笑みを浮かべながら、さぼっている俺を咎めるように見て、

「箱でも何でも集めてないと気が済まなかったんでしょ。病気だったのよ」

吐き捨てるような口調で言った。俺はその容子の刺々しさに喜びを感じた。容子が何を知っているにせよ、それは彼女を蔵前に縛り付けてはいない。俺は満足だった。

「お前も働けよ、相田。俺なんか、ずっと二ついっぺんにやってるんだぞ。自分の方の質問が少ないんなら、俺のノートの方を見てくれ」

涌井の頑張りに敬意を表して、俺は傍観者であることをやめた。三つあるノートパソコンのうち、涌井が用意したものに触れ——そしてその夜初めての、その質問が来た。

『中に何が入っているんですか？』

俺は、自分の頬がぴくっと震えるのを感じた。何となく馬鹿にされたような気分だった。空箱を売っているというのに、中身について言及されるとは——

「なあ、涌井、容子。これは……どう答えれば良いんだ？」

俺が訊くと、涌井と容子は、自分の忙しさをアピールするような苛立《いらだ》った態度でこちらを見た。一瞬の沈黙。涌井の唇が引きつり、容子の目の奥に怯えの色がちらりとよぎった。

「なんだ……どういう気だ、こいつ」

涌井が苛々した調子で言った。

「これ、涌井の箱だろ。何か入ってたのか？」

「馬鹿言え。全部バラしたが、小銭一つ入っちゃいなかったよ」

涌井は、質問されたのがどの箱か確かめると、立ち上がって積んである箱を振り返った。

「ほら、この通り空っぽだ」

当の箱を抜き出し、俺と容子の前で振ってみせた。

――ちゃりん。

音がした。

軽くて固そうな金属的な音。涌井は俺たちを見つめたまま、俺と容子は涌井を見上げたまま、しばらく無言だった。

「何か……入ってるぞ」

俺が口にして、初めて、涌井と容子の目が箱を向いた。

「その箱、中を確認し忘れてたんじゃない？」

「いや、そんなはずは……」

涌井が箱を振った途端、じゃらっと、何かが音を立てた。明らかに先ほどに比べて量が多そうな音だ。俺は、まず自分を納得させるために、こう口にした。

「箱の一部が外れて、中で音を立ててるんじゃないか？」

涌井は、ぼんやりと箱の各面を調べ、そのたびに、じゃらじゃらと音が鳴った。

「涌井さん……それ、開けてみたら？」

容子が提案した。涌井は無言でピースを外しにかかった。かちゃかちゃとパズルの各面が移動し、解除されるのを眺めながら、俺は肝心なことを口にしていた。

「質問が来るってことは、箱の中に何か入ってるって、出品したときに書いたのか？」

「そんなわけないだろう。マニアにとっちゃ、未使用であることに価値があるだろうからな。俺自身、何も入れちゃいないよ」

「じゃあ、なぜこんな質問が――」

そのとき、箱の一面が開いた。涌井は箱を振って、もう一方の手で、中に入っているものを受け止めた。

ざくっと音がした。

「ぎゃあっ！」

涌井がもの凄い声で叫んだ。俺も容子も絶句している。

涌井の手に、何枚もの薄い剃刀《かみそり》の刃が、深々と潜り込んでいた。

「い、痛ぇっ……痛ぇっ！」

涌井が箱を放り出し、慌てて刃を抜いた。容子がティッシュを探して涌井に差し出す。俺はただ涌井の手とティッシュが真っ赤になるのを見ていた。涌井は、無事な方の手で戸棚から絆創膏を出し、片っ端から手のひらに貼りながら、

「おい！　なんてことしやがる！」

俺たちに向かって、猛然と怒鳴った。容子は屹然《きつぜん》と眉を逆立て、俺は唖然となった。

「私？　私じゃないわよ！」

「おい、容子！　今さら、売りたくないなんて言うんじゃないだろうな！　それとも俺を怖がらせて金を独り占めする気か！　あのとき電話をしてきたのはお前だぞ！」

俺は訳が分からなかった。涌井はいまや容子に向かって吠えていた。

「知らないわよ！　あなたの箱でしょ！　勝手にびくびくしないでよ！」

びびらせる？　今さら？　びくびく？　俺は混乱しながら、二人を遮《さえぎ》って訊いた。

「電話って何だ？　涌井？　容子？　あのときって何だ？」

途端に涌井も容子も言葉をのみこんだ。俺はふとそこで、あることを思い出していた。蔵前の遺体の第一発見者が誰であるかを。俺はゆっくりと涌井に目を向けた。

「まさか、お前が、蔵前を……」

「馬鹿。俺が行ったときは、とっくに死んでたよ、あいつは」

涌井はふてくされたように言った。容子はあからさまに俺から目をそらしている。

「そうか……相田は、容子から聞いてないのか」

「聞いてない？　何のことだ？」

「俺は、容子から金の在《あ》りかを聞いただけだ」

俺の脳裏に、一瞬でその光景が浮かび上がった。蔵前の遺体の前で、部屋を物色する涌井の姿を。金をかき集め、部屋を元通りにし、それから警察を呼ぶ涌井――

「容子が、なんでお前に電話を……？」

「蔵前が死んだかもって、俺に電話を寄越してきやがったんだよ」

俺はのろのろと容子を見た。容子は、俺を睨み付けるように、

「あの人は勝手に死んだの！　私は、あの人がそうするって分かってただけよ！」

分かってて止めなかったのか――俺はそう口にしかけ、慌てて飲み込んだ。俺には容子を責める気などかけらもなかった。ただ、容子が金を欲していたことが意外だった。

「金が必要だったのか？」

容子は、怒ったようにうつむき、答えない。涌井が、訳知り顔で唇を笑みの形に歪め
――かと思うと、ふとパソコンの画面を見て、舌打ちした。

「あと十分ばかりで競《せ》り合ってるやつは自動延長になる。質問が増えるぞ。話の続きは、

こいつを終わらせてからだ。くそっ……まさか剃刀を仕込んでやがるとはな」

「私じゃないわよ」

「どうだか」

険悪な雰囲気の中、涌井も容子も作業に戻った。涌井が手の痛みに呻《うめ》きながらキーを叩き、容子はまばたきもせず画面を見ている。そのとき初めて俺は二人がひどく金を欲してることに気づいていた。ギャンブル狂いという噂の涌井だけでなく、容子までもが。

自動延長に入り、金額はどんどん上がった。涌井も容子も、無言で興奮しているのが分かった。俺だけが冷めていた。俺の目的は金ではなく、要するに、蔵前という人間の尊厳を踏みにじることでしかなかったからだ。箱が高額になればなるほど、まるで蔵前自身にそれだけの価値があると言われているようで、不愉快にさえなった。

相変わらず俺の担当分だけ質問は滅多になく、自然と涌井が用意したノートパソコンは俺の担当になった。立て続けに同じような質問へ返答を繰り返すうち――再びそれが来た。

『中に何が入ってるんですか？』

俺は呻いた。今度は、一つや二つではなかった。いくつもの出品物に対し、ずらりと同じ質問が並ぶさまは、何とも言えず気味が悪かった。

「おい、まただ……。同じ質問が……」

涌井と容子が、あからさまに不快そうな表情で振り返る。

「私の箱まで……。何も入ってないのに」

「おい容子。さっきから質問に答えるふりして、こんな小細工をしてたのか」

互いを横目で見る涌井と容子の間で、俺は馬鹿みたいな顔をして、こう訊いた。

「何か入ってるのか……？」

涌井も容子も黙った。それから容子が苛々したように立ち上がり、質問の対象になった箱を確認すると、部屋にあるそれを手に取り、

「どうせ涌井さんが入れたんでしょ……」

言葉が宙で消え、容子の腕が、がくんと下がった。涌井に向かって箱を放ろうとでもしたのだろうが、あまりの重さにそれができなかったのだ。

「な……何が入ってるの、これ……」

容子が重みに耐えて手を震わせながらパズルを解いてゆくのを、涌井も俺も、口を半開きにした間抜けな顔で見ていた。やがて最後の面が開き、容子は箱の中身を手で受けようとして、止《や》めた。代わりに、ゴミ箱に向かって箱の開いた面を下にした。

その途端ごそっとそれが箱から溢《あふ》れ出てきた。黒く、細い、大量の何か。俺も涌井も

それが何であるかを悟って、思わず後ずさっていた。

「なっ、なっ、なっ、なにっ？　なにっ？」

容子だけが脅えた声を上げながら、箱を手にしたまま動けずにいた。黒いそれは箱から延々と跳び出し続け、ゴミ箱を満たし、見る間にいっぱいになって溢れかけた。

「ひいっ」

容子が箱ごとゴミ箱に放り棄て、ようやく黒いものの奔流が止まった。

「かっ、かっ、かっ、髪っ……毛っ」

ゴミ箱に溜まった大量の髪の毛から、容子はがくがく震えながら後ずさり、

「て……手のこんだことを、お前……」

涌井が、なおも容子に疑いをかけようとして、うっと呻いた。俺も容子も咄嗟に息を殺した。とてつもない臭いがしていた。悪臭などというのも生やさしい、かつて嗅いだこともないような、吐き気を催す腐臭——

うぉっ、と涌井が悲鳴を上げた。積み重ねられた箱の、一番下の段にあったものから、汚らしい茶色い汁がしみ出して床に広がり始めたのだ。涌井が慌ててその箱を引っ張り出した。拍子に積み重なっていた箱が倒れて床に転がった。

俺と涌井は無言のまま協力し、悪臭を放つ箱を、ゴミ袋を二枚重ねにして密封した。

容子がティッシュで茶色い汁を拭き、それをトイレに棄て——そのまま耐えられず、げえっと吐くのが聞こえた。俺と涌井も、袋詰めにした箱を雪の降るベランダに出したところで限界をきたした。アルミの柵に積もった雪をかき落とすようにして外に顔を突き出し、二人してげえげえ吐いた。胃が立て続けに痙攣《けいれん》し、満足に息もつけず、手も足も雪の冷たさで痛いほどなのに、ろくに自分の意志で身動きすら取れなかった。

俺と涌井は、ふらふらと部屋に戻り、ベランダの戸を閉め——

床に座りこんでいる容子に気づいた。容子は、がちがち歯を鳴らしながら震えていた。

「う、動い、動い、動い、動いてるぅ……」

にわかに、がりがり引っ搔くような音が耳を打ち、俺と涌井は反射的に跳びすさった。

箱の一つが、床の上でかたかた動いていた。中からは耳障りな音がひっきりなしに響いてくる。俺は何も考えられず、ただその異様な光景を見ていた。いきなり涌井が低く叫びを上げると、その箱に飛びつき、血走った目で開けにかかった。

「ふざけるなっ、この野郎っ」

容子が悲痛な泣き声を放った。涌井が箱を開き——ぴたりと音がやんだ。中には何も入っていなかった。涌井は悲鳴を上げて、箱をベッドの上に放った。ピースがばらばらになり、俺も容子も絶句した。ピースの内側が、引っ搔き傷だらけだった。誰かが小さな箱の内側に閉じこめられていたとでもいうように。とてつもない力で爪を立てたのだろう。ピースのあちこちに血がにじんでいた。涌井は完全に腰が抜けたようになって動けず、

「あ、あと数分だ。さ、さ、さっさと売っちまえば……」

譫言《うわごと》のようにそう繰り返した。俺はのろのろとノートパソコンを振り返り――突然、あることに気づいていた。先ほどから箱を開くよう促《うなが》す質問が送られてきているそれに、見覚えがあることに。それが、いったい、誰のものであるかに。

「このノート……どこで手に入れたんだ？」

俺が訊くと、涌井は首を絞められたような声を洩らし、必死にかぶりを振った。それで完全に確信された。涌井が蔵前の部屋から持ち出したのは、金だけではなかったのだ。

「蔵前の……ノートか」

俺は言った。涌井は凍りついている。容子が目をまん丸に見開いた。そうだ。これもある意味ただの箱だ。蔵前のコレクションの一部と言えるものだ。そう悟ったとき、俺の目にそれが映っていた。新たに更新された質問――それはもはや質問でさえなかった。

『中に入っています』

その瞬間、今度は俺の中で、恐怖に匹敵する数少ない感情――怒りと憎悪が膨れあが

った。蔵前という存在に対する醜く歪んだ感情が、溢れて弾けた。俺はもはや誰の箱かの区別もなく、目の前にあるものをつかむと、乱暴にそれを開きにかかった。

「も、もっ、もっ、もうっ、やめてっ」

容子が泣き騒ぐことで、余計に歯止めが利かなくなった。俺は箱を開いた。中から、ばらばらと写真が溢れ出した。全て容子の写真だった。電話をかける容子。蔵前の部屋で物色する容子。会社の帳簿を覗く容子。俺と寝る容子。そして——涌井と寝る容子。

「な、なっ、なにするのよぉっ！」

容子は泣きながら写真をかき集め、体全部で隠そうとした。俺は涌井に訊いた。

「なぜ、容子は金が必要なんだ？」

俺の表情を見て取った涌井は、殺されるとでも思ったのか、慌てて答えた。

「ば、博打《ばくち》だ。俺だけじゃないんだ。容子も博打に狂ってんだ。お、俺はパチスロでたまたま容子に会ったんだ。ふ、二人とも、給料だけじゃ足りねえんだ。だから経費をいじって……。さ、誘ったのは容子の方だ。あいつは蔵前とも、お前とも、俺とも寝てんだ。そういう女なんだ。お、俺が蔵前のプロジェクトに参加したのも容子に言われたからだ。資料費やら取材費やら、ちょろまかせるって……」

俺は涌井の言葉を聞きながら、足下にあった箱を開いていた。パズルの要領は何パターンか覚えれば、たいていその応用で開くことができる。俺は箱を開いた。中から出てきたのは何枚もの企画書だった。見覚えのある文書――俺が自分で書いたものだ。精魂込めて作った企画書だ。蔵前の才能の前では、あっという間にプロジェクトのほんの一部に成り下がるしかなかったものだ。俺はそれを読み返し、そして最後のページを読んだ。

『蔵前になりたい蔵前になりたい蔵前になりたい蔵前になりたい蔵前になりたい蔵前になりたい蔵前になりたい蔵前になりたい蔵前になりたい』

その一言が延々と印刷されていた。実際にそんな文章を打ったことがあったかどうか、もう忘れてしまった。ただそれが真実であることに違いはなかった。

蔵前は、俺の醜い感情を、とっくの昔に見抜いていたのだ。かつてない屈辱と羞恥と憎悪が、俺を駆り立てた。俺は目の前にある箱を片っ端から開いていった。箱の中から、真っ白い錠剤があふれ出てきた。錆びた眼鏡が現れた。嫌な臭いのする小銭が出てきた。切った爪の山。抜かれたばかりの肉がついた虫歯。ある箱からは黒い蟻の群が現れて俺の腕を這った。俺はそれを怒りに任せて台所の流しに放り、水を流した。黒い砂のような蟻が、排水孔に向かって、ざりざりざりざりと嫌な音を立てて流れ込んでいった。

俺が箱を開け続け、容子はひいひい泣き続け、涌井はパソコンを操作し続けた。

「ま、また自動延長になった……早く終われ、終われよっ」

涌井も泣いていた。俺は泣いていただろうか。もう忘れてしまった。ただ、箱を開き続ける間、俺の頭の中では、同じ言葉がぐるぐる渦を巻いていた。

（お前になってやる！　お前になってやる！　お前になってやる！　お前になってやる！　お前になってやる！　お前になってやる！）

そうして俺は最後の箱を開いた。中は真っ暗闇だった。俺はその闇を覗き込んだ。そして突然、箱の中から凄まじい勢いで、人間の手が飛び出し、俺の襟首をつかんだ。俺は悲鳴を上げる間もなく、そのまま箱の中に引きずり込まれ――そこで気を失った。

意識を取り戻すと、すでに朝だった。俺が目覚めたとき、容子は部屋の隅で膝を抱えて爪を噛み、涌井は憔悴《しょうすい》しきった顔で、何度もパソコンを再起動させていた。

「嘘だろ、あんなに高値がついてたのに、嘘だろ……」

聞けば、あるときいきなり全てのパソコンがフリーズしたのだという。慌てて再起動してオークションを覗いたとき――何もかもが、あるべき姿になっていた。

ばらまかれた箱の中身は全て消えていた。いつ消えたのか涌井も容子も覚えていないという。ゴミ袋に包まれた箱の悪臭もなくなっていた。箱は所詮、ただの箱だった。最も高値のものさえ数千円の価値しかなかった。五万円弱――それが数十個の箱を全て売り払った値段だった。俺は分け前を求めず、容子と涌井に金をくれてやった。

そのあとすぐに俺は会社を辞めた。新しい会社の新しい部署に移ってしばらくして涌井が出社しなくなったことを聞いた。部屋に引きこもったまま一歩も外に出なくなったのだ。一回り大きな箱に閉じこもったのだろう。あのとき箱に飲み込まれたのは俺だけではなかったのだ。蔵前のノートパソコンは、いまだに涌井の部屋にあるのだろうか。

容子との関係は会社を辞めた時点で終わっていた。容子は会社の金の使い込みがバレて退社させられ、ギャンブルにはまり込み、何度か窃盗で捕まり、今は風俗で働いているという。

俺は、新しい会社で英雄になった。数々の賞をものにし、エースとして称えられた。どんなに困難なプロジェクトでも蔵前ならどうしただろうと想像するだけで画期的なアイディアが溢れるように出てきた。蔵前への憎悪は消え、代わりに耐えがたい重圧を感じるようになった。同僚が俺に嫉妬と憎しみを募らせるのが分かった。ろくに眠れず、幻聴が聞こえた。それでも仕事を放棄する気になれず、出社し続け、気づけばトイレの個室に何時間も閉じこもっていることがあった。上司は何も言わず、俺の症状は悪化する一方だった。

ひと月ほど前、会議中に、灰皿に溜まった煙草の吸い殻を、食った。

治療を受ける決心がついたときは、何もかもが遅すぎた。

俺は、分割療法というものを教えられた。

自分自身で処理しきれなくなった感情を、どこかに蔵《しま》い込むことで心の均衡を保つのだ。箱を使うのが最も一般的だと言われた。空箱に向かって感情を込めて言葉を吐き出し、蓋をしてしまう。王様の耳はロバの耳というわけだ。この治療法の厄介な点は、嫌な感情を心から分割すればするほど、俺自身が削られてゆくような感覚を受けることだ。俺の精神は日増しに衰弱していった。それでも箱を買うことをやめられない。もう押入れが空箱でいっぱいだ。夜になると箱の中で何かが動いてるような音が聞こえてくる。

恐怖から救ってくれるのは会社の同僚たちの存在だった。俺になりたがっているヤツは今なら大勢いた。俺の次に、この恐怖を背負ってくれるはずの誰かが。あからさまな嫉妬の視線を思い出しながら、そろそろだと思った。

俺は死ぬ準備を始めた。

日本改暦事情

登城の途中、春海《はるみ》は少し寄り道をした。城中で聞いた噂を確かめるためだった。江戸の名高い和算塾の者たちが、互いに「数理試し」をしているのだという。

（江戸は面白いな――）

春海はそう思いながら、寄り道をするために早朝から裃《かみしも》をつけて邸《やしき》を出たのだ。

果たして橋のたもとにそれはあった。立て札に貼り紙があり、微積分の問題が一問、達筆な字で書かれている。末尾に出題した和算塾の名が記され、三日以内に誰も解けねば解答を記すと註されている。他の塾に対する挑戦であり、自分の塾の宣伝でもあった。

近年、江戸では数理・算法が流行し、こうした塾同士の勝負が頻繁に行われていた。ときには高名な和算家を名指しで挑戦する若手もいて庶民を楽しませた。

それにしてもここを通りがかる庶民の大半にとっては微積分など意味不明だろう。中には大工など、職業的に算術を得意とする者が問題を解いたりすることもあるという。だが純粋に数理のみを究めようとするとき、出題される問題は生活とはかけ離れたものとなる。

それでもこの立て札が噂になるほど、江戸の者は子供から老人まで喧嘩好き、競争好きだった。しかもあまり尾を引かず、恨みつらみに発展することは滅多にない。周囲の人間もふくめて勝ち負けを娯楽として楽しんでいた。そしてそういう江戸の気質自体が、京生まれである春海には新鮮なものに思えるのだ。

(ふぅん……けっこうなものを出してくるんだな)

春海は問題を暗記した。すぐには解けなかったのだ。城の公務の合間に、算盤《そろばん》を用いて計算し、帰宅の際にでも解答を貼り付ける気だった。

算盤は、豊臣秀吉の臣下であった毛利《もうり》勘兵衛《かんべえ》重能《しげよし》が明よりもたらしたと言われている。重能は明の『算法統宗』という本を学び、自ら算学の本を著した。算盤はその便利さから、たちまち日本で製造されるようになり、短期間で全国に普及した。

春海も、郷里でこの算盤をみっちり仕込まれている。そうこうするうちに辺りが明るくなってきた。春海は問題を解く数理を頭の中でこねくり回しながら、城への道を急いだ。

「では……この手はどうだ」

そう言って、大老・酒井雅楽頭忠清《さかいうたのかみただきよ》は、碁盤に威勢良く白石を置いた。春海はすでにその手を予測している。定石通り、手堅く実利を構築する手である。大して面白い手ではないが、

「申し分ありません」

ぴしりと黒石を置きながら春海が返す。碁の指導における誉め言葉である。この後の展開は読めた。この大老に限らず、城の者は定石を好む。たとえ負けても定石を外れていなければ良いという感じだ。逆に定石を外れて勝つと、妙な顰蹙《ひんしゅく》を買ってしまう。さっそく退屈し、大老の言葉に返答しつつ、今朝見たあの問題の解法をあれこれ思い巡らしていた。

春海は、今年で二十一になる城勤めの侍である。城に登れば一日中、碁を打つ。遊んでいるのではなく、それが父から継いだ家業だったのだ。

春海は本来の名を、父の姓名を丸ごと継いで、安井算哲《やすいさんてつ》といった。

その姓は清和源氏に発し、足利・畠山より分かれたものである。畠山家国の孫である満安《みつやす》が河内国渋川郡を領したことから渋川家を名乗った。さらにその孫である光重《みつしげ》は播

磨国安井郷を領し、安井家を名乗った。その子孫に算哲という囲碁の達者な子がおり、十一歳で徳川家康に謁見してのち、囲碁をもって駿府《すんぷ》に仕えた。

その安井算哲が、春海の父である。以後、父は江戸の囲碁四家――本因坊・井上・林・安井の一つとして囲碁によって幕府に仕えた。算哲は京都に邸を構え、毎年三月になると江戸に下り、十一月に賜暇《しか》を得て京に帰るということを繰り返した。

春海は、その京の邸で生まれた。幼名を六蔵《ろくぞう》。父と同じく十一歳で初登城し、公務を果たした。幕閣の面々に対し、囲碁の腕前を披露して見せたわけだ。このとき「上手なり」と徳川三代将軍家光からお誉めの言葉を頂戴している。

そうした矢先に、父が病死した。幕閣の面々の勧めもあり、二代目安井算哲を名乗った。だがいつからか、公務以外では自分のことを「渋川春海」と称し、署名も渋川姓で行うようになっていた。渋川郡という祖先の領地にこだわったのではない。ただ、何もかもが父と同じであることに抵抗を覚えるようになったのだ。春海という名は、

雁《がん》鳴きて　菊の花咲く　秋はあれど
春の海べに　すみよしの浜

という『伊勢物語』の歌からとった名である。他にも順正《のぶまさ》、助左衛門《すけざえもん》などとも称したが、春海の名が一番しっくりくる。雁が鳴き、菊が咲く優雅な秋はあるけれども、自分だけの春の海辺を欲したのだ。

菊の花咲く秋というのは父のことであり、安井算哲の名であり、碁であり、生活全てであった。父と同じように三月に江戸に来て、十一月に京に帰る。全て生まれる前から決められていたことだ。それを春海は「秋」と感じた。明らかに「飽き」の皮肉を込めている。

（毎日が、定石通りだ——）

春海はひそかに思う。将軍家の碁好きは格別であり、太平の世における囲碁四家は他の武士にも増して安泰である。幕府の誰もが囲碁を教養の一つとしてたしなむ。そうした者たちに囲碁の定石を教えるのが春海の務めだ。

だが幕閣の囲碁好きは、どこか江戸の勝負好きとは違う気がした。言ってみれば全て政治的なのである。それも、太平の世の何の面白味もない政治である。

淡々と定石を積み上げ、失敗せぬよう、出る杭は打たれぬよう処世に生きる。

将軍様の前で打つ観覧碁に、一番それが現れている。名勝負といわれる碁を、暗記した譜面通りに打って見せるのだ。将軍様が感嘆し、疑問を口にしたりするのへ的確に応える。この手はこうであるから優れている。ここにあの定石が生きている。

全て自分以外の誰かが作った碁である。真剣勝負とはほど遠い。解説であり実況だった。

（一度で良い……自分だけの名勝負をみなの前で打ってみせたい）

そう思うが、城の碁務めの中で一番の若手である自分にそんな機会はまずない。

飽きからくる退屈心は若者にとって苦痛そのものである。何か新しいことをしたい。

自分だけのものが欲しい。だが何をすれば良いのか分からない。だから和算の数理試しなどを覗きに行ったりする。本来、碁打ちは勝負師である。その勝負師であるはずの自分が、人の勝負を覗いて刺激を受けるというのも我ながら情けない限りだった。

「ところで算哲よ……お主は、数理に精《くわ》しいと聞いた。どこで学んだ？」

大老忠清がふいに言った。当然ながら、算哲と呼ばれることに対する春海の苦痛など何も知ってはいない。

「……京で、幼少より何人かの算法家に師事しました。最近では『塵劫記《じんこうき》』により啓蒙を受けております」

大老はうなずいた。『塵劫記』は最近の算術書の中では最も名高く、春海にとっては何よりの趣味でもあった。暗記した数理の問題がまたぞろ脳裏に甦った。だが大老にとって数理そのものは本題でさえなく、その言葉は、春海の予想を超えた。

「お主、宣明暦《せんみようれき》について、何と思う？」

春海はきょとんとなった。とはいえ質問自体は目新しいものではない。

関ヶ原の戦から七十年――戦国期を脱し、学問が興隆するに伴い、世に流布《るふ》している書物や通説があれこれ見直されるようになっていた。中でも、平安時代から延々と八百年余にわたって用いられてきた日本の暦――宣明暦の欠点が問題にされたのである。

その欠点が具体的にどういうものであるか、しばしば春海も城中の者から意見を求められてきた。大老の意図がどこにあるかはともかく、春海はその欠点を述べた。

「明らかに、ずれております」

「ずれているとは？」

「暦とは、日月星辰《にちげつせいしん》の定石を、人の手によって書き留めたものです」

大老は大きくうなずいた。定石という言葉を用いたのが分かりやすかったのだろう。

この態度で、大老自身あまり数理に明るくないのが分かった。春海は言葉を選んで言った。

「宣明暦の定石は、平安の世であれば通用しましたが、今の世では通用しません」

「それは……なぜだ？」

「宣明暦は、八百年余も昔、唐で作られた暦法です」

その暦法に従えば一年の長さは三百六十五・二四四六日であり、本当の太陽年より、〇・〇〇二四日ほど長い。この誤差は百年で〇・二四日、八百年で二日ほどに達する。したがってこの時代、暦に記された冬至の日よりも、二日も前に、影の長さの一番長くなる本当の冬至は過ぎていたのである。

「冬至の他にも、朔《さく》や望《ぼう》、日食や月食の算出にも支障をきたしております」

「……そなたは暦術も学んでおるのだったな」

春海はうなずいた。暦術は、春海の肩書きの一つだった。京で山崎闇斎《やまざきあんさい》から神道を学び、松田順承《まつだゆきつぐ》から宣明暦を学んだ。当時の暦術は、神道と不可分の教養だったのである。

「日食がいつ起こるのか、算盤で分かるのか？」

何気ない大老の声に、かすかな驚きの色がある。春海は素直にうなずいた。

のちに、春海は日食について、こう記している。

『日食なるものは月、日光を掩《おお》ふなり。朔日に、日と月と相遇し、南北経を同じうし、東西経を同じうすれば月、黄道に至るの時、日の下にありて日光を遮掩《しやえん》し、人、日輪を見る能《あた》わず。日食と謂ふなり』

このときも春海はこれと同じことを、南北と東西の経についての解説と、その算出方法を交えて説明している。これに対する大老の問いがこれだった。

「月が日の光を食うとは……月が燃え尽き、地上に落ちて来るのではないか？」

これが城中の多数にとって不思議だった。春海は苦笑を噛み殺してかぶりを振った。

「太陽と月と地上はかなり離れておりますゆえ」

「離れているとは……どれほどの距離だ？」

「月と地上が、ざっと十万里。太陽と地上は、その距離、四千万里ほどです」

そう言うと、大老は目を剝いた。


その日、春海は釈然とせずに城を出た。大老がなぜ宣明暦のことなど持ち出したかが分からない。しかも大老の眼差《まなざ》しにはどこか自分を試すようなものがあった。十一歳のときから城中を見てきた春海のそうした勘働きは、きわめて鋭い。

だがこれといってぴんと来るものも無く、春海は、橋を越えてあの立て札を目指した。懐に、解答を記した紙を抱いている。公務の合間を縫うようにして何とか半日がかりで解いたのだ。それを立て札に貼り、和算家同士の勝負に混ぜてもらうつもりだった。

だがその思いは、粉々に打ち砕かれた。春海は、立て札の前で茫然自失となった。

すでに解答が貼られていたのだ。しかも完璧だった。自分が辿り着いた解法と見比べれば見比べるほど、それが優れた数理による素晴らしい解答であることが分かった。

（申し分ない――）

掛け値なしの賞賛の思いが、春海の胸中に湧き起こった。気づけば肌が粟立《あわだ》っている。それほど感動している自分が不思議なくらいだった。春海は己の解法を記した紙を握りつぶし、解答者の名を見た。

関孝和《せきたかかず》――どこかで聞いた名である。おそらく和算の達者として名高いのであろう。この難解な数理を、さも通りすがりに解き明かしたといった感じの筆跡である。

胸が高鳴った。咄嗟《とっさ》に、上役に初めて遊郭に連れて行かれたときのことが思い出されたが、その比ではなかった。これほどの昂揚《こうよう》は生涯で初めてといって良かった。

春海はどきどきする胸を抑えるようにして帰宅し、和算書を片っ端からめくってみた。関孝和の名はない。翌日、

「関孝和という名をご存じか――?」

と何気ない顔をして、城中の者に聞いて回った。どうやら春海の思った通り、優れた和算家として知られた名だという。江戸で私塾を開き、数理の追究に余念無く、しかも近年の宣明暦のずれを指摘し、『授時発明』という書を記しているという。

これは元の時代に作られた授時暦《じゆじれき》という暦法についての書である。授時暦は、それまでの暦のずれが指摘されたため、元のフビライが有識者に作らせた暦である。

その改暦の沿革や暦法は正史である『元史』に詳しく記されており、その和訳本が出

版されるや否や、日本でも宣明暦を廃して授時暦を採用すべきという気運が高まったという。

関孝和の『授時発明』はその気運を受けたものである。難解な数理に基づいて宣明暦の非を唱え、授時暦の正当性を主張しているという。

「お主、関孝和と因縁でもできたか？」

同じく碁で仕える林家の年配者が、意味深に笑った。どういうことか分からずにいると、

「関孝和は、お主と同い年だそうな。競争するには、ちと難儀な相手だぞ」

春海は脳天をぶん殴られたような衝撃を受けた。人生に退屈しきった自分に比べて、関孝和はすでに書をなし、己の力で名を高めているのだ。まさしく衝撃だった。眠っていたところに桶一杯の水を顔面に浴びせられたようなものだ。

（目が覚めた。俺は今、目が覚めた）

それまで安穏と居眠りを決めていた心がにわかに活性した。是が非でも『授時発明』が読みたかった。そしてもう一つ、心に決めたことがあった。

春海は公務の合間に、数々の和算書を参照しては設問を考案した。関孝和に挑戦するための問題作りである。あの難解な数理をいとも簡単に解いた男を、一度で良いから唸《うな》

らせてみたかった。その上で、できれば関孝和と交友を持ちたい。高鳴る胸を抑えながら、春海は数理にのめり込んだ。

数日後、大老に直々《じきじき》の碁指導を命じられた。春海の心は、いまだ顔を知らぬ関孝和と、彼に届ける数理にあった。その春海に大老は碁を打ちながら、こんな質問をした。

「お主、北極出地についても精しいそうだな」

また天文である。しかも今度は暦ではなく、地理だった。すなわち緯度のことである。

「はい。地理を計測する上での、基本的な術理です」

春海はそう応えた。緯度はその土地に於《お》いて見える北極星の高度に等しいため、緯度のことを北極出地と呼ぶのである。

「そなたに北極星を見に行ってもらいたい」

大老は言った。緯度を計測して、地図を作製しろというのである。

「は……どちらへ……」

「山陰、山陽、四国……」

何でも無いことのように大老は言う。だが春海は呆然となった。これは長旅になる。関孝和の名や数理のことが胸をよぎった。だが大老の命とあれば逆らうわけにも行かない。

「どうだ。できるか？」

そう言った大老の目が、姿勢が、口調が、春海を試していた。よっぽど何の魂胆かと問いたかったが、城中でそうした結論を急ぐことが不利に働くことはよく知っていた。

春海は唯々諾々《いいだくだく》と従った。その代わり、旅支度と称して、ほとんどの時間を数理の問題作りに費やした。旅に出るまでに何としても関孝和に挑戦したかった。

行程が定められ、旅費が算出された。十日後に江戸を発つことが決まったその日、春海はついに立て札に貼り紙をした。しかも「関孝和殿へ」と指名し、さらには「渋川春海」と署名している。和算家の中に全く無名の者が飛び込み、その筆頭格に挑戦したのである。

しかもただ貼り紙をしたのではない。すでにそこにあった問題を睨み付け、たちどころに解答を導いた。その上で、己の問題を提示したのである。その解答が優れていたことは、出題した和算塾の者が「明察」と記したことで明らかだった。

庶民は俄然、注目した。春海が関の名を知ってから、ちょうどひと月後のことであった。

貼り紙をした夜、春海はなかなか寝付けず、何度も布団の中で寝返りを打った。関はどのように解答するだろう。どれほど時間をかけるだろう。それとも解答できずに――いや、まさかあの関孝和に限ってそんなことはあるまい、などと悶々《もんもん》として夜明けを待った。

だが翌日になっても解答はなかった。その翌日も、さらに翌日も返答はない。春海はがっかりした。関孝和は和算家として多忙な日々を送っていると聞いている。無名の者の挑戦など受けはしないのだろう。そう思いつつも、毎朝毎夕、期待を抱いては貼り紙の前を通り、深々と溜息をついた。

何人かの和算家が春海の問題に挑戦したが、どれも春海の用意した解答とはかけ離れていた。おかげで、春海の名は和算家の間で、ちょっとした話題になっているという。だがそんなことは何の慰めにもならなかった。

出立の日が刻々と近づいたある日、かねてから知人を通して頼んでいた『授時発明』が手に入った。春海はやけに切ない思いに駆られながら、その関孝和の書を読んだ。

理路整然とし、淀みない。難解な数理などものともせず、授時暦の暦法について詳細に解説している。その数理の確かさに感嘆するうちに、何となく引っかかるものを感じた。最初はその書のどこかに誤謬《ごびゅう》があるのかと思ったが、違った。

「……ああっ！」

大声で叫んでから、城の控えにいたことに思い至った。何ごとかと顔を出した林家の年配者に、慌てて、何でもない、旅支度で大事な物を忘れていたと言い繕った。

「くれぐれも万全にな。幕府の命で旅する上で何か失念するなど、碁打ちが定石を忘れて試合に臨むようなものだ」

嘲笑されたが、春海はそれどころではない羞恥心に襲われていた。先ほどのが正しければ、間違っていたのは自分なのだ。春海は城から出ると、まっすぐ立て札を目指した。そして、己の問題を見直した。

息が詰まった。よくよく見ると、設問のある部分にかすかな傍線が引かれている。まさしくその一点が、誤謬であった。設問自体が間違っていたのである。これでは解答が何通りもできてしまう。数理の基礎は、一つの問いにつき、一つの解答が対《つい》をなすことにある。

春海は真っ赤になって貼り紙を剥がして丸め、懐に入れた。いっそ河に身を投げたいくらいの恥ずかしさで朦朧《もうろう》となりながら帰宅した。そうして改めて、関孝和に感謝した。設問に引かれた傍線はまず間違いなく関孝和によるものだ。それに春海が気づくのを待ってくれたのだ。公然と誤謬を指摘し、春海に大恥をかかせるのが不憫《ふびん》だったのだろう。

春海は『授時発明』を目の前に置き、顔を赤らめながら伏し拝んだ。旅に出なければならないという焦りから設問を間違えたのだ。いまだ顔を知らぬ関孝和が、ほろ苦い微笑を浮かべている様子が脳裏に浮かんだ。

自分は定石を馬鹿にし過ぎた――唐突にそう思い至った。数理の定石を無視し、自分だけの設問にこだわりすぎたのだ。

旅の間、『授時発明』を熟読しよう。関孝和に一から教えを請うつもりで読もう。そうして自分の心を一から鍛え直そう。

そして、旅から帰ってから改めて設問を出そう。春海は心に誓い、江戸を発った。


「星は良いですなぁ。多くの人を惑わすと言いますが、それは人が天の理《ことわり》を間違って受け取っているからに過ぎませんな。正しく星を理解すれば地の理もこれこの通り」

そう言って春海に同行した男は、嬉しそうに地図の前で大げさに手を振って見せた。春海も微笑した。全く同感だった。答えが間違うのは、理を間違うからだ。そのことを春海は身にしみて知っていた。

男は名を伊藤重孝《いとうしげたか》と言った。城勤めの医師であるが四十を過ぎて初めて数理と地理を習得したという。以来、正確な地図を作ることを夢見続け、ついに五十を過ぎてこの大任を得たのである。他にも何人もこの旅に同行していたが、重孝の活気の良さは群を抜いた。その重孝から、春海は、関孝和に対してとはまた違う衝撃を受けていた。

人にはもって生まれた寿命がある。だが、だからといって何かを始めるのに遅いということは無い。その証拠がこの重孝である。体力的にも精神的にも衰えてくる年齢にあって、少年のような好奇心を抱き続け、挑戦する姿勢を棄てていない。

（思えば家康公も、天下を治めたのは六十になってからだった――）

自分はまだ二十一である。これからなのだ。反省に反省を重ねながら春海は旅の間中ずっと肌身離さず『授時発明』を持ち歩き、ことあるごとに読み返した。同時に何冊かの和算書を読み返し、数理の研鑽《けんさん》を深めた。

春海にとっては公務の旅であると同時に、修行の旅であり、実地の旅であった。天文に従って地理を定めることが、己の数理を確かなものにするのが分かった。

「春海さんは努力家ですなぁ。碁打ちでありながら、暦術にも通じているとか」

重孝にそう言われると、春海は気恥ずかしいばかりである。

「伊藤様に比べれば自分などまだまだです」

「いやいや、私もまだまだ……。ところで春海さんは、分野はご存じですか？」

自分より遥かに年上でありながら丁寧な口調を崩さない。城中で年配者の横柄な態度に慣れた春海にはそれだけで新鮮である。

「分野とは……占術の？」

「そうそう、それです。星の異変すなわち国土の吉凶という、あれです」

これは星図に国土を当てはめる中国の占星思想である。全ての星は中国各地に対応しており、天文を司《つかさど》る者が星の異変を察知し、対応する国に報《しら》せるというものだ。

「あれをね、日本でもやりたいんですがね、何しろあたしはこの歳ですからねぇ」

春海は愕然となった。日本地図を作製するのみならず、それを占星分野に当てはめるというのだ。とてつもない労力が要求される一大事業である。しかも本来、分野は中国独自のものである。日本はせいぜい全国に対しいくつかの星が対応されているだけだろう。

だが当時の学問全てを支配していた中華思想そのものから飛び出し、日本独自の文化を創出する――それが重孝の意図だった。

「凄い……それは凄いことです、重孝様」

「いえいえ、あたしはそこまで追っつかないでしょう。ならば若い人に、考えだけでも伝えたいと思いましてねぇ。どうです春海さん、面白いでしょう」

「日本の分野作り、面白いですねぇ」

春海はただ重孝という人物の器の大きさに感嘆する思いだった。だが重孝は、

「頼みましたよ」

にっこり笑って春海の肩を叩いたものだ。その飄然《ひょうぜん》とした態度に、

「頼まれました」

春海も思わず笑って返していた。そうしながら、自分はこれからなのだ、何でもできるのだという思いが膨らむのを感じた。春海は自分を目覚めさせてくれた関孝和に感謝し、この仕事を通して知り合った伊藤重孝に感謝した。

こうして旅は無事に行程を終えた。

旅から帰って二日後、春海は城からの帰り道、再び貼り紙をした。前回の貼り紙から一年近くが経っていた。今回も関孝和を指名し、渋川春海の名を記した。期限は記さない。その晩、春海はやけに心静かだった。自分の旅の成果が試されているというのに、何の不安も動揺もない。脳裏に、伊藤重孝の颪のような自然体が甦った。

「間違えても良いんですよ。それが学ぶってことです。沢山の間違いをしなけりゃ人は学べませんから。あたしにしてみればね、歳を取ってから自分はこれまで何の間違いも犯さなかったなんて言う人ほど信用できません。だって何も学んでないってことですから」

というのが、春海が間違った設問を貼り紙にして大衆の目に晒《さら》してしまったことを話したときの、重孝の言葉だった。

「いやはや、良い勉強ですな。春海さんは良い学び方をしている。羨ましい」

春海は苦笑を浮かべながら眠りについた。そうして自分の貼り紙に、まだ顔さえ知らぬ関孝和が答えを書き記している姿を夢に見た。

そして翌朝、春海は夢通りのものを見た。関孝和自身ではなく、その解答である。筆跡まで夢と同じに思えた。貼り紙の前で春海はじっと立ち尽くした。曙光《しょこう》が辺りを照らし、河面がきらきら輝いている。解答の末尾には今度こそ「関孝和」の署名があった。

思わず涙ぐみ、慌てて懐紙を取り出して洟《はな》をかんだ。この立て札勝負の作法通り、「明察」と記し、解答が合っていることを示した。一年越しの思いが実ったことに胸が震え、また涙が出た。顔が真っ赤になっているのが自分でも分かり、遠回りして城に登った。

城からの帰り道、自分の設問と関孝和の解答の両方を丁寧に剝がし、綺麗に折りたたんで懐に入れた。そして邸に帰り、大事にとっておいたしわくちゃの紙を取り出して並べた。

自分が出した間違った設問――そして、今回の設問と解答。

何かを越えた。何かが終わった。そして何かが始まった。そんな気がした。

「やっぱり、江戸は面白いな」

三つの紙を見比べ、そんな呟きが零《こぼ》れた。

以後、春海は設問作りをしなかった。多忙の関孝和を煩《わずら》わすのが悪い気がしたのである。たまに、本当に難問を思いついたときに立て札のことが思い浮かんだが、関孝和ならばこう解答するだろうという想像に終始した。そのくせ頻繁に立て札の前を通りすがっては、和算家同士の勝負を眺めた。一人で解答を出しては、合っていることを確かめに行った。

十一月から三月の間には江戸を離れ、京に帰らねばならない。その間、本業である碁の定石を学ぶ一方、和算書に目を通した。

そして雪の降る京で、なぜ関孝和に会いに行かないのかを自問自答した。結局、数理・算法は自分にとっては趣味でしかなかった。それを生業《なりわい》にする方策など無く、どんなに飽きていようが父から与えられた碁を本業とする他ない。そんな自分が関孝和に親しく会いに行けるものだろうか。

だが一方で、何かが始まる予感があった。それは大老の態度から何となく察せられた。

「ご苦労。お主の働きは申し分ない」

大老は地図作製の旅から帰ってきた春海を労《ねぎら》い、

「いずれまたお主の数理を頼ることがあるやもしれぬ。そのときは宜しく頼むぞ」

はっきりとそう告げたのである。それが何であるにせよ、そのときこそ自分は胸を張って関孝和に会いに行けるのではないか――

そんな予感を抱いたまま、数年が経っていた。気づけば城中で後輩の育成を頼まれることが多くなった。難しい碁譜を任され、御前勝負の重要な役を担うようになりつつあった。

春海の二十代は、碁と趣味の数理に費やされた。授時暦を熟知し、暦法にかけては城中で右に出る者はいなくなった。やがて三十路《みそじ》を迎えようとする頃、ある噂が流れた。保科正之《ほしなまさゆき》が、春海を招きたがっているというのである。春海自身は、この噂を一笑に付した。保科正之は二代将軍徳川秀忠の第三子で、三代将軍家光の異母兄弟にあたる。幼少にして保科家の養子となり、家光の没後は、その遺命によって幼少の四代将軍家綱の後見人となって幕政を見ている。つまり事実上、徳川幕府の総帥と言って良い。

これまでに春海は、水戸光圀《みとみつくに》公にも親しく碁を教えている。あながち保科正之に招かれる理由も無くは無かったが、あまりに政治色が強すぎる。保科が誰かを招くということは、すなわち幕府に何らかの動きが出るということだ。一介の碁打ちである自分が、保科が関わるほどの幕政に参加するとは考えにくい。

だがある日、春海は大老に呼ばれ、

「お主、会津に行ったことはあるか」

相変わらずの遠回しな言葉を受けた。

春海は思わず目を剝いた。大老の口の端に笑みがのぼるのを見てさらに愕然となった。

「何度か……碁の縁で……」

やっとそう応えると、

「会津に行ってもらう。保科正之様が、お主と、お主の持つ天地の定石をご所望《しょもう》だ」

大老は、まるで今初めて本当の目的を明かすかのように告げていた。

春海が二十九歳のときのことであった。


会津への道すがら、春海は二つのことを何度も自問自答した。なぜ保科正之が自分を招いたのか。そしてなぜ自分は江戸を離れるとき、関孝和に会いに行かなかったのか。

和算塾に顔を出し、自分もともに研鑽の列に加えて欲しい——そう言えば関孝和はきっと自分を快く迎えてくれるだろう。だがなぜそうしないのか。そうすればきっと何かが変わってしまうだろう。きっとそれが怖いのだと思った。

日々に飽き、変わることを望んでいた自分がそんなことを恐れるのが不思議だった。

会津に到った春海は、保科から予想を遥かに超える手厚さで処遇された。邸を与えられ、多忙をきわめる保科とほとんど毎日、顔を合わせることを約束されたのである。

それほどまでに保科が碁好きとは思ってもいなかった春海は、珍しく真剣に過去の碁譜を見直し、数々の定石を復習した。

ほどなくして御前に招かれたときには、しっかりと腹も据わっている。

保科はこのとき五十七歳。秀忠の側室の子として生まれ、武田信玄の娘、見性院《けんせいいん》に養育されてのち、信州高遠の城主保科正光の養子となっている。家光の死後、四代将軍の地位を狙うかと思われたが、

「いまさらいらざることをお上に申し出て御迷惑をおかけするのもいかがかと存じます」

と、保科に取り入ろうとする者たちに対し、さらりと断りを入れている。

秀忠の血を受け継いでいることが公《おおや》けになってのちも権力欲とは無縁で、むしろ幕府に先駆けて数々の藩政改革を実現していた。その一つが殉死追い腹の禁止である。臣下の殉死を禁じることは、武士のあり方を変え、ひいては死と武力による功績ではなく、文化的・政治的・経済的な功績を奨励することに通じた。

「二代目算哲の腕前は聞いておるゆえ、昨夜は定石を思い出すのでなかなか眠れなんだ」

保科は盤の向こうで、にこにこと笑って言った。まさか直接、石を握り合うとは思ってもいなかった春海である。平伏すれば盤に顔が当たる。ただただ恐縮した。

「この手はどうかな」

「申し分ありません――」

「ならばこういうのはどうか」

保科はいたずらっ子のような顔になった。かと思うとぴしりと白石を置いている。

「そ、それは……」

啞然となった。悪手も良いところである。それでも何とか誉めようかと思った矢先、

「まぁ気にせず、打て、打て」

とますます子供のようになって言う。春海は手に浮かぶ汗を拭いながら定石通り打ち、

「これは……なるほど……」

やがて保科の意図を察した。悪手と見せかけて遙か遠い先の勝機を狙ったのである。同時に保科の性格をよく表していると思った。保科は数々の革命的な変化を藩政や幕政にもたらしたが、全てが理に適《かな》っていた。しかも焦らない。自分の思い通りに行かないといって決して憤懣《ふんまん》をあらわにしたりしない。それは側室に生まれた者の処世術という以上に、保科正之という人の器の大きさに思われた。

「ふむ、さすがは二代目算哲よな。どうにかして勝てぬかと散々、手を考えたのだが」

盤が石で埋まり、保科が笑った。結果は春海の大勝である。だがこれほどまでに疲労困憊《こんぱい》した試合は春海にとって生涯初めてだった。将軍家の血筋であるという緊張だけで

なく、保科は、否応なく春海に全力を尽くさせるような手を次々に打ち込んで来るのだ。

「私にとって、生涯、記憶に残る真剣勝負でありました」

追従でも何でもない。春海の本音だった。碁がこんなにも面白いものとは思ってもいなかった。疲労しつつも何ともいえぬ充足感があった。生まれて初めて算哲と呼ばれることを嬉しく思えた。それほど心晴れやかだった。

「まだまだ。今後お主には、幕政のための真剣勝負をしてもらわねばならぬぞ、算哲」

保科が、言葉とは裏腹に気楽な様子で石を集めた。春海も次の一局の準備をした。自然と定石が何通りも浮かんでくる。何時間でも打ち続けられるような気持ちだった。

今度は保科も定石通りに打ってきた。本気で勝とうとしているようでもあり、純粋に碁を楽しんでいるようでもあった。春海もずいぶん気楽になって打っていると、

「ところで算哲よ、難儀とは思うが、数理に不明なわしにちと宣明暦を教えてくれんか」

ひどく愛嬌のある調子で、保科が言った。

その言葉が落雷のように春海を打った。にわかに八年前の大老の言葉が甦った。なぜいきなりそんな話題を持ち出すのか。なぜ自分が北極出地の測定を任されたか。

全ての疑問がにわかに明らかになるのを感じながら、春海は宣明暦のずれを説明し、

「では授時暦は？」

という保科の問いに、淀みなく答えた。

かつて——蒙古族が、宋と金を打倒して国号を元と称《とな》えたとき、彼らの暦は滅亡した金の大明暦を用いていた。だがこの暦法は優秀なものではなく、時の皇帝フビライは改暦を行わせた。この改暦に参画したのが、許衡《きょこう》・王恂《おうじゅん》・郭守敬《かくしゅけい》の三人である。

許衡は古今の暦学に通じ、王恂は算法の達人、郭守敬は機械・工夫の天才であった。その三人が新鋭の観測機器を制作し、五年の歳月を費やして改暦を行ったのである。彼らはまず天文観測に尽力し、それから冬至の影の長さを測って一太陽年の長さを三六五・二四二五日と定めた。これはグレゴリオ暦の平均暦年と同値である。また等差級数を導入するなど多くの点で優れた特色を持ち、授時暦は中国歴代の暦法の中でも最高の傑作となった。

その暦法の優秀さを分かりやすく説明するうち、自然と重孝のことが思い出されていた。

「星は人を惑わせるものとして思われがちですが、それは人が天の定石を誤って受け取るからです。正しく天の定石をつかめば、暦は誤謬《ごびゅう》無く人のものとなります」

春海の言葉に、保科は何度もうなずいた。

「わしは、武家にも文化が作れると思うておる。太平の世の文化を」

ぽつりと呟くように言った。それは保科正之という人物が一貫してこの世に訴えたことでもあった。武力による政治から、文化奨励の政治への転換――そのためには死と争いを排し、経済を安定させねばならない。それが保科の改革の根幹であり、生涯の悲願だった。

「算哲よ……この日本で、その授時暦を作った三人の才人に、肩を並べてみぬか」

それが二つ目の落雷となり、春海の心身を痺れるような思いが満たした。

「武家が、幕府が、この日本の文化を……暦法を作るのだ。面白いとは思わぬか」

再び春海の脳裏に、重孝の言葉が甦った。どうです春海さん、面白いでしょう？　思わず涙がにじんだ。深々とうなずいた。

「面白うございます。大変に面白うございます」

「数理の確かさはむろんのこと、政治の機微が求められる。どうだ、やってみるか」

「本当に……私で……よろしいのですか」

すっと保科の背が伸びた。

「安井算哲よ、日本改暦をお主に任せる。今日の碁のように、真剣勝負を見せてもらう」

そのなんとも清冽《せいれつ》な姿と声に、春海はたまらず座を一歩下がり、平伏して、

「――必至！」

叫ぶように応えた。その後で、反射的に碁の用語を口にしたことに気づいていた。

「頼もしい限りだ、安井算哲」

保科が声に出して笑った。それが父の名であるという意識が、初めて春海の心から綺麗に消えていた。


以後、会津にて春海は保科と、囲碁を挟みつつ宣明暦から授時暦に改暦する算段を話し合った。話せば話すほど、それが一大事業であることを春海は思い知った。

何しろ暦法は京の——天皇家と公家の専売特許といっていい。そこに江戸幕府が介入するのである。徳川幕府は代々、天皇家の力を殺《そ》ぐための政治を行っているが、改暦はそれ以上の衝撃を日本全土にもたらすことになる。

幕府主導の改暦が実現すれば、京が文化の中心という概念を覆《くつがえ》すことになるし、頒《はん》暦《れき》（カレンダー）の売買による莫大な収入に大きな影響をもたらすことになる。

何より祭事の全てが暦によって定められているのである。天皇家は名実ともに全ての祭礼を幕府の指導で行うことになる。そんなことを京が——日本の民衆が許すだろうか。下手をすれば不穏な手段を用いて幕府の専横を止めようとする者が出てもおかしくなかった。それでは保科の理想とする文治政治からすれば本末転倒である。

その「政治の機微」の算段を整える一方で、春海の使命は改暦の正当性をいかにして立証するかにかかっていた。春海は保科に招かれてから二年の歳月をかけて、中国春秋時代の暦日を研究し、その成果を『春秋述暦』、『春秋杜暦考』の書に記した。

春海にとって初の出版である。これは保科の薦めでもあった。不特定多数に対し、広く改暦の正当性を浸透させる上でも必要なことだった。そしてそれらの書の出版のとき、春海は初めて、なぜ関孝和に自分が会いに行かないままなのかを忽然《こつぜん》と悟っていた。

自分は何者でもなかったのだ。あのまま関孝和に会いに行っても、ただ教えを請うことしかできない。自分から何かを与えることができないのだ。そんな自分が関孝和と親密になることを、春海は潔癖なまでに許せなかったのだ。

この改暦が成功すれば——そのときこそ関孝和に会いに行けるのではないか。そういう思いが自然と生まれるのを春海は自覚した。意地と言えば意地だった。あの立て札勝負のように、関孝和から「明察」と言われるだけのものを持ちたかったのだ。それが関孝和に会いに行く上での礼儀だと思った。

江戸に戻ってのちも、春海は改暦の準備に多くの時間を割いた。碁の仕事はめっきりと減った。城中の誰もが春海の改暦事情を知っているのだ。それが無言の期待となってのしかかってくる。江戸の和算家の間でも春海のことは噂になっていた。むろん関孝和の耳にも入っているだろう。そう思うと不安と希望とで目眩《めまい》がする思いだった。

春海は暦日研究の他に、観測用の渾天儀《こんてんぎ》を改良製作して暦法の裏付けをし、さらには天球儀や地球儀を製作して、城中の者に暦法の基礎となる惑星の知識を広く普及させた。

そうして会津に招かれてから五年が過ぎ、改暦の機が熟しつつあった年の暮れ――

保科正之が逝去した。

齢《よわい》六十二歳。その臨終の前に、正之は老中の稲葉美濃守《いなばみののかみ》に、こう言い遺している。

「改暦の気運に乗り、今こそ実現せよ。方策の一々を、春海に主導させよ」

それが江戸にいる春海に伝えられた。会津に招かれている間に、保科は春海のことを「算哲」ではなく「春海」の名で呼ぶようになっている。その名の由来を告げると、

「己に飽きた、は良かったな。それでも家督を投げ出さなんだのは天晴《あっぱ》れな心がけだ。己の土台を棄てず、とらわれず、春の海のごとくあれ。お主の数理・暦法への目覚めが、必ずや武家の文化に春をもたらすだろう」

そう言って笑ってくれた保科正之こそ、春海の生涯を定めてくれた第二の父であった。

正月を過ぎると、春海は京から会津に向かっている。保科は会津猪苗代の土津《はにつ》神社に祀《まつ》られ、その賢政を称えられていた。春海はその神社を参拝し、保科の墓前に誓った。

「改暦の儀、必ずや成し遂げてご覧に入れます」

延宝《えんぽう》元年、春海はついに宣明暦を廃し、授時暦改暦の請願を幕府に提出した。

「まさに冬至・夏至の日、宣明の暦法、天に後れること二日なるを知る」

春海は請願の中でそう述べ、このような暦法を用いていると農耕にも時を失することになるとした。そして向こう三年の間に起こる日月食六回について、宣明暦・授時暦および明で施行されていた大統暦《だいとうれき》の三暦による予報を載せ、授時暦の正当性を訴えた。

三十四歳になった春海にとって、かつてない真剣勝負である。それも日本全国を相手取った、一世一代の大勝負だ。まるで日本全国に立て札を立て、天地が出す難問に対し、渋川春海の署名を添えて解答した気分だった。それだけの準備をし、自信をつけてきたのだ。幕府が改暦を認めてのちの算段も、あらかたつけてある。

請願から最初の一年、江戸の和算家のみならず暦法家や陰陽師、神道家、仏教徒、その他あらゆる数理の達者から庶民までが注目する中――授時暦は完璧に日月食を予測した。

続いて二年目も、予報は正確だった。

「果たして算盤で日食が分かるものか……？」

半信半疑だった城中の者も、俄然、改暦の現実性を信じ始めた。

そして来る三年目の五月に、悪夢は起きた。

授時暦・大統暦では「食無し」であったその日――食分は僅《わず》かながら生じたのである。

それを大勢の者が観測していた。もはや何の言い逃れもできない状況である。しかもその食を予報できたのは、よりにもよって宣明暦だけだった。

その理由は、宣明暦が、実際に起こる食より多めに予報を出す性格の暦法であることが挙げられた。だが、予報された食がどれだけ起こらなかったということは問題にされず、実際に食が起こったときに予報していたかどうかが問題になった。

何より正確無比として謳《うた》った授時暦が、江戸中の注目のもとで予報を外したのである。（まただ。また自分は設問を間違えたのだ。しかも最も間違えてはいけないこのときに）

何も考えられぬ頭の中で、そのことだけが春海の頭をぐるぐる巡っていた。

「言いたいことはあるか、算哲」

厳しく睨む大老・雅楽頭忠清を、春海はただ真っ青になって見返すしかない。

大老は、本来ならば正之の遺志を受けて春海の改暦を後押しするはずだったのだ。そもそもの北極出地のときから、春海には改暦を任せる気でいたのである。

だが大老は、病人のように手を震わせて言葉も発せぬ春海をじっと睨み付けている。

やがて、ざわめく城中の者に向き直ると、春海にとって生涯消えぬ傷となる言葉を放った。

「算哲の言は、また合うもあり、合わざるもあり」

この一瞬で、改暦の気運は消滅した。

夢が藻屑と消えた半年後、春海は三十七歳になっていた。生活はあっけないくらい何も変わらなかった。元の碁務めに戻っただけである。改暦を任されて失敗したことを、多くの同僚が慰め、また嘲笑《あざわら》ったが、それが具体的にどういう意義をもった事業であったか理解する者はほとんどいなかった。そのことが救いでもあり、苦痛でもあった。まるで十五年以上もの間、全くの無駄骨を折り続けて来た気にさせられた。

春海は表面上は淡々と城の公務に専念した。それ以外になすすべとてなかった。数理試しの立て札には一切近づかなかった。和算書を読むのをやめる一方、毎朝、目が覚めるたびに冥府に旅立った保科正之に詫びた。

そして毎夜、なぜ予報が外れたのかという疑問が春海を苛《さいな》んだ。自分は完璧を期したはずだった。あらゆる数理を試したのに、あの日食を当てることができなかった。

所詮、人の身でありながら天の定石をつかむなど無謀に過ぎたのだ。日も月も星も常に人を惑わし続ける。日に日に、そういう思いに打ちのめされるようになっていた。

年の暮れに京に帰り、実家の邸で無気力に雪を眺めた。若い頃の思いを甦らせようとしたができなかった。代わりに若くては見えないものがやけによく見えた。もし改暦の気運があのまま盛り上がったとしても、その後が大変だっただろう。京と江戸は暦を巡って、争いを繰り広げることになる。それが政争の形を取るのか、民衆をも巻き込む騒動に発展するのかは分からないが、いずれにせよそのような争いを未然に防ぐには膨大な労力を要する。保科正之という後ろ盾もなく、自分にそれができただろうか。

自分を慰める思考と、天の不条理への悲しみのうちに、その年の暮れは過ぎていった。

やがて春になり、江戸に下った春海を、思いがけない言葉が待っていた。

「おお、算哲。お主のことが巷《ちまた》で噂になっておるぞ」

林家の年配者が、相変わらず人の難儀を面白がるように言った。改暦勝負に負けた男のことは庶民の格好の娯楽となっているのは承知している。春海は退屈そうな顔も隠さず、

「はあ、どのような噂でしょう」

「勝負を逃げているとな。お主が京に帰る前から出ていい、いたそうだが……知らぬのか？」

「何のことでしょうか？」

「ほれ、例の数理の立て札だ。お主の……渋川春海の名を指して出題しておるのだ。それもあまりに難解でいまだ答えが出ぬそうな」

「私に……？　数理試しを？　いったいどなたが？」

「関孝和だ。お主も知っておろう、和算の達者で……」

春海は驚きのあまり、危うく跳び上がりそうになった。

「あ、あの関孝和が……自分に出題を？　ま、まことで……？」

「わしもこの目で見てきた。いやはや和算家の考えることはわしには意味不明だ。いったい何を問うておるのかも分からぬ」

春海にとっても何が何だか分からない。なぜ関孝和が自分を名指しで。何を今さら。自分は大勝負に負けたのに。公務の間中、ずっと頭がぐらぐら揺れるようだった。

その日の務めを終えると、激しい動悸を感じながら、まっすぐ立て札のある場所へ向かった。果たしてそれはあった。やけに紙が新しい。よく見ると、何枚も重ねて貼ってある。風雨にさらされて読みにくくなるつど、同じ問題を記した紙を重ねて貼ったのだ。

去年の暮れに京に帰る前からあったとなると、もう半年以上も貼られたままである。

何人かの和算家たちの署名による解答が出されているが、「明察」はいまだ出ていない。どの答えも、てんでばらばらだった。

春海はじっと問題を読んだ。なぜ今まで「明察」が出ないのか。すぐに分かった。

設問自体が間違っているのだ。あの関孝和が、この自分に向かって、間違った設問を半年以上もここに晒し続けているのだ。

震える手でそっと設問の記された紙を剝がした。関孝和が何を自分に伝えようとしているかが、おぼろげながら分かってきつつあった。紙を綺麗にたたんで懐に入れ、帰宅する頃には、自分が期待を裏切っていたのだということが、ひしひしと感じられた。保科正之の、伊藤重孝の、関孝和の期待を。関孝和の問題を何度も見返すうち、

（頼みましたよ）

ふいに十年以上も前の伊藤重孝の声が甦った。

（頼まれました）

自分は笑ってそう答えたではないか。そう思うと涙が零れ、半年以上も人の目に晒され続けたその問題の上にぽたぽた落ちた。数理の立て札に胸を高鳴らせたあの日から十六年——大きな挫折を経て、今ようやく、本当の答えが見つかろうとしている気がした。

翌日、春海は、江戸の和算塾の一つに宛てて手紙を出した。

関孝和に、会いに行くためであった。

この日のこの時刻にという素っ気ない返事が来た。春海はその通り和算塾を訪れている。商家の子息を相手に算盤を教える大部屋の脇の、一室に通された。

保科正之に招かれたときと同じか、それ以上の緊張が春海を襲っていた。長年、会いたい会いたいと思い続け、そのつど不可思議な心の抵抗にあって叶《かな》わなかった相手である。

まさかこのような形で会うとは夢にも思わず、喜びが胸に充満する一方、悲愴とも言

える覚悟があった。どれほどの罵詈《ばり》雑言《ぞうごん》も甘んじて受ける覚悟である。ただひたすら平伏し、教えを請うのだ。もはやそれ以外のことを春海は考えていなかった。

やがて来た。襖《ふすま》が開き、関孝和が現れた。春海の想像とはかけ離れているような、それでいてどこか思った通りのような、瘦身長軀《そうしんちょうく》の男がそこにいた。顔には思った以上に皺《しわ》が多い。特に今、眉間に寄せた皺が凄まじいまでの怒りをあらわしている。

関孝和は無言で、春海の前に座った。

春海は、おどおどと面会の喜びを告げ、頭を下げながら、懐から紙を出した。関孝和が自分に宛てた設問である。誤っている箇所に、傍線が引かれていた。

それを、関孝和は無造作につかみ、細切れに引き裂いた。春海の下げた頭の上に、紙片が浴びせられた。春海が顔を上げ、何か詫びのようなものを口にしようとすると、

「この盗人《ぬすっと》がっ！　ぬけぬけと数理を盗みおってっ！　何様のつもりかっ！」

爆発したような怒声を立て続けに浴びた。春海は額を床にすりつけ、

「わ……私は……」

「返せやっ！　盗んだものを即刻、返せやっ！」

硯《すずり》が飛んできて肩に当たった。

「挙げ句の果てに失敗しおってっ！　数理をなんだと思うかっ！　和算は囲碁侍のお遊

びの道具とでも言いたいかっ！」

　春海はただただ土下座している。これが江戸のみならず全国の和算家が春海に対して抱く思いだった。名をなした者であればあるほど「あの数理は自分が理解し、解明したもの」という思いが強いのは当然である。それを春海はほぼ無断で、改暦の儀に用いたのである。

　しかし一方で春海の中に、むらむらと怒りが湧いてきていた。街道場で気楽に和算を教えている者が、政治の機微を理解できるのか。改暦の儀の重大さが理解できるのか。こうして下げたくない頭を下げられるか。数理など何も理解していない上役にへつらえるか。

　気苦労に耐え、周囲の不理解に耐え、事業を行うことが、お前たちにできるのか。

　だが春海は何も反論せず、ただただ頭を下げた。相手が関孝和だからそれができた。そして関孝和だから、全てを分かって春海に罵詈雑言を浴びせているのだ。それが分かっていた。だからこその覚悟だった。

「これはわしだけの問題ではないっ！　世の和算家の全ての恨みと知れっ！」

　関孝和の咆哮《ほうこう》にも、春海は意地を振り絞って土下座し続けた。色々なものが飛んできて体や頭に当たったが、痛くも痒《かゆ》くもない。

やがて怒声も物も飛んでこなくなった。関孝和が息を整える間も、春海は平伏し、

「……世の恨み、これで全て浴びたとは思いません。今後も……」

「当然じゃ。これは江戸中の――いや、日本中の数理道場、和算家、朱子学者、神道家、陰陽師、経師《きょうじ》の思いの一端じゃ。今やお主は、日本一の盗作家じゃ」

「私は……」

「所詮は囲碁侍のお遊びとみなが口々に罵《ののし》っておった。改暦の儀が消し飛んだとき、馬鹿なことに和算家どもがみな喝采を上げおった。わしは腹が立った。つまらぬ功名心でお主に嫉妬する和算家どもに腹が立った。しかしそれ以上に、お主に腹が立った。腹が立って腹が立って仕方がなかった」

春海はそこで初めて顔を上げた。関孝和は静かに春海を見つめていた。

「わしの『授時発明』をあそこまで理解しておきながら……なぜ分からなかった！」

「思い及ばず……力及ばず……」

「馬鹿者っ！　お主の力量は立て札で分かっておる！　力を出し惜しみするなっ！　わしが一番腹が立ったのは、なぜお主に分からなかったかということだ！」

春海はまた土下座した。今度ばかりは全身全霊で相手に詫びていた。

「申し訳も……ございません。よもや……よもや……」

「授時暦自体が……設問自体が間違っているとは思いもよらなんだか！」

春海は言葉もなく額を床にすりつけた。関孝和は息をつき、かすかな笑いを零した。

「……怒鳴りすぎて喉が痛くなってしまったわ。おかげで少なくとも、わしはすっきりしたわい。お主が和算家どもの思いをしかと受け取ってくれねば、わしも甲斐が無い」

そう言って関孝和はいったん席を立って奥へ行き、すぐにまた戻ってきた。その手に、分厚い紙の束をもっている。

「書にして出版しようと思うたが、それこそ思い及ばず……とやらだ。所詮、わしは城中を動かす立場に無い。一方で城にはお主がおる。お主に渡すのが一番良い」

どさっと紙の束を置いた。日記にも見えるが違う。春海は恐る恐る、その書類を開いた。難解な数理の数々と——授時暦に対する考察がずらりと並んでいる。

「数理は、結集せねば、天理を明らかにするものとならぬ。お主にそれを託す」

関孝和はそう言って、その書類を春海の方へ押しやった。かの保科正之にも劣らぬ、凛冽《りんれつ》たる姿だった。春海は書類を押し頂いた。

「必ず……必ずや、天理を解いてみせます」

その頬が涙で濡れていた。あの関孝和が、命とも言うべき数理の秘義を自分に渡したのだ。重かった。自分に受け取れるのかとさえ思った。だが日本中の和算家の命を奪い、憎悪を受けて立つ覚悟がなければ、この事業を完遂することは不可能だ。

春海はなぜ今まで関孝和に会いに行けなかったか、やっと分かった。自分が数理を解明し、役に立てるということは、つまり和算家の成果を幕府が奪うということにもなるのだ。

自分は城の人間である。幕府の公務で生きる人間である。一介の和算家の立場では済まないのだ。関孝和と親しくすればいずれ彼の秘義をことごとく奪取することになる。

「あまり期待するなよ。わしの数理は授時暦を棄《す》てるには至らなんだ。思い入れが強すぎるのだ。わしは……授時暦を愛しすぎた。元《げん》の才人が生み出したあの至宝を……どうしても棄てられなんだ」

春海は泣きながらうなずいた。その思いはよく分かった。初めて立て札の数理を見たときの胸の高鳴りが、十数年の歳月を経てようやく甦ろうとしていた。

「だが誤謬は誤謬だ……わしは、お主が改暦の請願を出したとき、呆然となった。きっと外れると思った。それをもっと早くお主に伝えるべきだった。だが……なかなか、お主に会いに行けなんだ。お主が間違った設問を出し、その後で申し分のない設問を出したときから、会いに行きたいと思うておった。だがお主に親しくすれば、わしの数理はことごとく幕府のものになろう。それがわしは怖かった……思えば、愚かなことだ」

春海は激しくかぶりを振った。人がそれだけの情を込めることができるものだからこそ、自分は惚れたのだ。心底から惚れ抜いたのだ。数理に。関孝和という人間に。

「だが……やはりお主にしかできぬのだ、渋川。わしら和算家がどれほど名を高めようと、改暦という一大事業の前では手も足も出ぬ」

「関殿……必ずや、必ずや……この命に代えても関殿の数理を生かし、天地の定石を我が手につかみ、改暦の悲願を成し遂げてみせます」

関孝和は深々とうなずいた。まっすぐ、春海を見た。そして万感の思いを込めて言った。

「授時暦を斬れ、渋川春海」

「必至！」

再び——十年ぶりに、その言葉が激しく口をついて出ていた。

関孝和は、ほろ苦い微笑を浮かべ、

「信じておるぞ、囲碁侍め」

静かに瞑目した。

全てを、後ろ盾が無い状態から始めねばならなかった。大老はすでに暦法のことなど忘れたような顔で、山のような政務をこなしている。春海個人で勝機をつかまねばならない。

(まずは定石をつかむことだ。今度こそ天の理をつかむのだ)

碁の公務をこなしながら、何とか時間を工面し、授時暦を一から見直した。

関から受け取った数理を参照しながら、なぜあの日食を予測できなかったかを調べた。

天体観測用の道具も設計し直した。日月星辰の観測と、数理の検討を気が遠くなるほど繰り返し、授時暦のどこかにある誤謬を探した。

(算哲の言は、また合うもあり、合わざるもあり)

大老の言葉が何度も甦った。正確無比を目指す上でその言葉は屈辱以外の何ものでもない。もう二度とそんな言葉を誰にも吐かせはしない。

あるいは、中国と日本という国土の差が、誤謬を招いたのかもしれない。その思いは以前からかすかにあった。それが今、明確な課題として春海の双肩にのしかかっていた。

(日本の分野作り、面白いですねぇ)

かつて伊藤重孝にそう答えた責任を、取るべきだった。

春海は、天文観測の詳細な成果を、星図にすることにほぼ一年を費やした。そしてそれを占術に従って、日本全国の土地に当てはめていった。「分野」という中国の占術概念を越え、日本独自の国家的占星術の礎《いしずえ》を、たった一人で作り上げたのである。

それが関孝和と会ってから二年後に完成した。

『天文分野之図』として公表されたそれは、江戸のみならず全国の注目を受けた。

ある星に異変が起これば、それに照応する藩の城主にその吉凶を報せることができる。

その出来映えに、江戸の暦術家のみならず、京の陰陽師も思わず唸った。経師（巻物の装丁をする者）も注目し、本の表紙に流用されて全国に広まった。

これは春海の天体観測と数理、そして神道・漢学の教養の集大成であった。

そしてまた同時に、春海はその図を通し、人の信仰心、数理への興味、絵的な面白さ、ありとあらゆる側面から、無言で訴えたのである。

「武家の手で、日本の文化を作るのだ。中国の思想を脱し、日本独自の文化を」

これは授時暦を棄て、春海個人の手で暦を作る上での伏線だった。

『天文分野之図』が城中でも評判になり、それまで春海の前ではみなが避けるようになっていた暦法の話題が再び持ち上がるようになった。

「できましたよ……重孝様。日本の分野です」

春海は図の写しを、伊藤重孝の子息に贈っている。重孝自身は七年も昔に病没していた。

（これからだ。ここからが勝負だ）

春海は、『天文分野之図』を制作しながら、ある可能性を探っていた。

北極出地の差が、暦法に影響しているのではないかという可能性である。

つまり、授時暦が作られた中国の緯度と、日本の緯度の差が、暦法に誤差をもたらしているのだ。当時、学問の全てに強く中国の影響があった。中国から渡ってくるものは無条件で「優れたもの」と認識された。そして春海は他ならぬ中国そのものに誤謬を見出したのである。すなわち、日本に持ち込まれた時点で、授時暦の暦法は使えないのだ。

その結論を、春海は全身全霊で受け止めねばならなかった。

今こそ、中国の思想から脱し、日本独自の、己独自の暦を作るときだった。

春海は、その後、六年の歳月を費やし、保科正之と関孝和の二人との約束を果たした。


太陽の周囲を地球が公転するとき、ケプラーの法則により近日点通過の時に地球は最も早く動き、反対の遠日点通過の時に最も遅く動く。

現在では地球の近日点通過は一月三日頃、遠日点通過は七月六日頃である。したがって軌道上、同じ百八十度動くのにかかる時間は秋分（新暦九月二十四日頃＝太陽が黄経百八十度の点を通過する時をいう）から春分（新暦三月二十一日頃＝太陽が黄経零度の点を通過する時をいう）までは、近日点がほぼ中間にあるため、地球は百七十八日と二十時間ほどで回ってしまう。だが反対に春分から秋分までは百八十六日と十時間かかる。

このように太陽の位置を計る上で近日点の位置が重要となるが、この近日点は黄経の増す方向に少しずつ移動する。授時暦のつくられた頃は近日点と冬至の位置が一致していたため、授時暦はそれが常に一致するものとして計算表をつくっていた。

春海が授時暦を棄てる覚悟をしたとき、この暦法が元で採用された時点から、実に四百年が経過していた。このとき近日点は、冬至点から六度も進んでいたのである。

この数理の実証を、春海は書物に求めた。

当時キリシタン禁圧とともに、海外からの学問輸入が厳しく制限される一方、漢語に訳された洋書は比較的たやすく手に入れることができた。その漢訳洋書の一つ『天経或問《てんけいわくもん》』から、春海は、近日点と冬至点が離れていることを確信した。

そして中国と日本の北極出地の里差――すなわち緯度の差が、暦法に影響しているという考えとともに、独自の暦法に織り込んだ。

近日点の変化、緯度の差。この二つが、

（合うもあり、合わざるもあり）

という、あの言葉を招いたのだ。そのことが、はっきりと分かった。

「ついに……天の理をつかんだ……」

公務の合間に、暦法を算出していた春海は、思わず呆然となって呟いた。

この年、春海は四十四歳になっていた。実に二十三年の月日を経て、授時暦の誤謬を脱し、真の理に到達せんとしていたのであった。

若い頃のような跳び上がるような感動はない。ただ、深い喜びを抱きながら城を出た。

(星は人を惑わせるものとして思われがちですが、それは人が天の定石を誤って受け取るからです。正しく天の定石をつかめば、暦は誤謬無く人のものとなります——)

帰り道、二十代の終わりに、保科正之に対して告げた言葉が、卒然と甦った。

「やっと天に届きました……保科様……関殿……」

にわかに込み上げてくる涙で江戸の風景の何もかもがかすむのに、青空だけがやけに澄み渡って見えていた。


「大和暦というのは、どうだろう、春海殿」

関孝和がきっぱりと言う一方、春海は照れ臭そうに首を縮こまらせている。

「お主が算出した暦法の呼び名は他にあるまい」

「では……請願の折にはその名で……」

「うむ、うむ。是非そうしなさい。お主の暦法はそれに値するものなのだから」

関孝和に言われ、溶けそうになるほど嬉しくまた気恥ずかしかった。

「ですが、暦法を見出しただけでは、改暦には至りません……ここからが勝負所です」

何とか平静を保ち、そう言った。関孝和も、真剣な顔でうなずいている。

事実、その気運はまた少しずつ高まりつつあった。使用されている暦が、実際の天体の運行に対して、ずれが生じていることは明らかなのである。日月食の予報が外れるのはむろんのこと、祭事と日月の運行の食い違いが目立つようになり、各地で問題になっていた。

だが春海は焦らない。保科正之から学んだように、じっと腰を据えて、改暦への算段を見極めていた。その方策の一つとして、神道・仏教の方面との交友を深め、暦法についての講義を頻繁に行った。また、京と江戸を往復する生活を最大限に利用し、両方の土地での親交を増やしながら、各地の情報をまとめた。

そして、天和《てんな》三年十一月、望――

暦には月食と出ていたが、今では、多くの暦法家や和算家が、月食は起こらぬと予言した。

城中で、このことについて意見を求められた春海は、言下に断定した。

「起こりません」

果たして、月食は起こらなかった。

これが契機となり、十年ぶりに改暦の気運が高まった。春海のかつての働きを知る者が、頻繁にその話題を持ち出すようになった。だが――春海は表立っては動かない。自分から改暦について口にすることは一切しなかった。ただ、京と江戸で収集した情報を分析し、成り行きを予測し、打てる手は全て打った。

だから、改暦の勅《みことのり》があったときも、春海はきわめて平静であった。

霊元天皇によって発布された勅により、土御門泰福《つちみかどやすとみ》が改暦に当たることが決められた。かつての改暦の気運を知る幕府の面々は、思わず呻《うめ》きを零した。公家が先頭に立っての改暦である。保科正之が願った武家による文化作りを土御門が許すわけがない。

「やはり、京か……」

城中の誰もがそう口にした。文化の中心は京である。それが覆ることはあるまい。

だが春海は沈黙を守った。すでにできることは全てしていた。後はただ待つだけだった。

そして勅が出て間もない頃――

幕府に対し、京から、ある書状が届けられた。

暦法家として名高い、安井算哲こと渋川春海に、改暦に参加してもらいたい。

土御門泰福からの、上洛要請であった。

「お主、いったいどういう呪いを使った？」

大老が珍しく遠回しな言い方をせずに、直接的に春海に疑問をぶつけた。

「暦法家同士というのは、政治には疎いもので」

さらりと春海が答える。大老は全く信じていない。京からよりによって幕府に、改暦の助けを求めてくるとは。大老の常識からすれば異常な事態である。

「京にいる間に、何をしていた？」

「神仏に仕える方々と暦法について語り、碁を打ち、酒を飲みました。土御門家とは直接、面識はありませんが……」

「その周辺の者と親しくしたというか」

大老は具体的に誰と親しくしたのか名を挙げさせようとして、咄嗟に口をつぐんだ。あくまで春海個人の交友なのである。ここで名を挙げさせれば幕府の政治工作として認めることになる。そうなればどんな障碍《しょうがい》が起こるか知れなかった。

「だが相手は土御門だ。政治に疎いでは済まされぬぞ」

大老はそれだけ念を押した。

「考えがあります。どうか上洛のための、お暇をください」

「……良かろう。改暦の儀、今度こそしくじるな」

「しくじれば腹を切ります」

あっさりと春海が言う。大老は嗤《わら》えなかった。春海の目は完全に本気だった。

「必要なものがあれば届けさせる。金、人、物、何でも使え。幕府がお主を支援する」

春海は静かに平伏した。


上洛の前に、春海は関孝和に会いに行った。

「日本の暦が……変わるか」

関は感慨深げに言った。

「だが土御門の足下とは……大丈夫なのか？　お主のことだから考えがあると思うが」

「弟子入りします」

何気ないことのように春海は告げた。関の目がまん丸に見開かれた。土御門泰福は春海の遙か年下である。しかも家柄を頼るだけで、暦法も数理も未熟との噂だった。

「本気か？　お主が土御門に弟子入り？」

「それが一番の手でしょう。相手の物を奪うからには、まず頭を下げるべきです」

「お主がわしに土下座したようにか」

そう言われて、春海は顔を赤らめた。関孝和は声を上げて笑った。

「大和暦の定石は、お主の手にある。京も江戸も無い。日本の暦を打ち立てろ」

その半月後、春海は上洛し、土御門家を訪ねた。


土御門泰福は、好奇心旺盛な若者だった。ふくふくとした頬が少年のようで、何につけても素直に感情をあらわにする。春海と出会った開口一番の言葉が、これだった。

「ほんまおおきに、春海はん。おかげさまで土御門の面目が立ちました」

しきりに茶菓子を勧めながら、はきはきと頭を下げる。自分より年上で実績も遙かに上の男が、要請に応えてくれたばかりか、家門を慮《おもんぱか》って自分から弟子入りしてくれたのだ。

泰福も決して馬鹿ではない。経験が浅いだけで頭脳は優れている。春海の暦法家としての実績も、碁打ちとしての名も、幕府を背景とした政治力もわきまえていた。

「けれど、ほんまによろしいんでっか。春海はんは幼くして山崎闇斎殿に師事したほどのお方です。お立場を考えれば、私が……」

「あくまで私が弟子で、泰福様が師。それが一番、上手く行くはずです」

春海がにっこり笑って答えると、泰福は感激し、また恐縮した。その初々《ういうい》しさが春海には快かった。かつて自分と一緒に北極出地を測定した伊藤重孝は、きっとこんな気持ちだったのだろうと思いながら言った。

「私にとっての大事は、定石です。天地の定石に辿り着くために、人の定石を守るに越したことはありません」

泰福は感じ入ったように頭を下げた。

「春海はんの大和暦法は、必ず、帝《みかど》のお気に召します。ともに改暦を果たしましょう」

立場上は師とはいえ、泰福はすっかり春海に惚れ込み、その暦法の教えを請うた。

「ほんまに素晴らしい。こんな……こんなものを、ようもお一人で成し遂げて……」

「いえ、私一人ではできませんでした。数理一つ一つが、全国の和算家の命なのです」

「なるほど命ですか。どの算法もよう練れてますなぁ。私も土御門の名にかけてこれを学び、世に広めたいと思います」

泰福は大和暦が採用されることを全く疑っていない。嬉々《きき》として観測を手伝い、改暦上奏の準備を行っている。たとえ暦法が優れているからといって、それが通用するとは限らないことを知らないのである。

春海は楽観していなかった。泰福に暦法を教え、ともに天体観測を続ける傍《かたわ》ら、毎日のようにあちこち出かけては京での情報収集に努めた。人の定石、京都という土地の定石、そして己の大和暦法という定石に、黙々と磨きをかけ続けたのである。

その結果、春海は、この改暦の困難さをはっきりと認識した。

改暦の勅を受けて、三者分裂が起こったのである。

一つは、授時暦の採用を願う一派であった。実はこのとき、授時暦は民衆の間ですでに広く浸透しており、それを背景に我こそ改暦を担わんとする神道家や暦法家が出てきていた。

また一つは、予想された通り、旧来から暦を司《つかさど》ってきた公家たちによる反発であった。彼らは一般平民が使用している授時暦や、中国の暦法を無視した春海の大和暦よりも、明で官暦として用いられた大統暦を採用すべきだと主張し始めた。

そして最後の一つが、春海と土御門家が主張する大和暦である。

一般民衆の授時暦、公家の大統暦、春海と土御門の大和暦――この三つの暦が、採用を巡って相争うこととなったのだった。

大統暦は、春海にとって愚にもつかぬ誤謬だらけの暦法である。だが官暦という、その暦法自体が持つ「実績」が、春海の心に引っかかった。危ういな、という予感があった。

春海は幕府に対し、かねてからの手はずを整えるよう書状を出した。それから、一日に五通から十通ほどの手紙をしたため、いつでも出せるよう、準備を整えた。

そうしてから、土御門泰福と春海の連名で、大和暦を正式に上奏した。

春海が上洛を要請されてからほぼ二ヶ月後の、貞享《じょうきょう》元年、三月。

霊元天皇による詔《みことのり》が発布される場に、春海はいた。

「大和暦法が採用されますよう……大和暦法が採用されますよう……」

その隣で、泰福が緊張した顔で、しきりに神仏への念願を唱えている。

春海の心は、神頼みとはかけ離れた状態にあった。落ち着き払って発布を待つ一方、その頭脳は猛然と回転し、今後すべきことの段取りを整えている。

大勢の公家や宗教家と、数名の武家の者たちが固唾《かたず》を呑んで待つそこへ、やがて、公官が書状を手に現れ、その内容を読み上げた。

霊元天皇は、大統暦改暦の詔を、発布した。

泰福が、さーっと青ざめた。信じられないという顔で春海を振り返った。

「は、は、春海はん……まさか……大和暦が……」

春海は無表情。じっと、詔の内容に耳を傾けながら、その場に居合わせた者の顔色を鋭く見渡している。やがて、ぽつりと言った。

「泰福様、このまま行きましょう」

これは泰福の想像を超えた。行くとはどういうことか。詔が発布されている今このときに、怒って席を立ち、出て行くということか。それでは非礼を咎《とが》められるだけである。

だがそうではなかった。春海は、ようやく泰福に顔を向け、こう告げた。

「上奏の準備をしてください」

泰福は今度こそ本当にぽかんとなった。たった今、大統暦の採用が決まったばかりである。その席で、それを覆す上奏を準備しろというのか。公家としての泰福の常識を粉々に吹き飛ばす春海の態度であった。

「も……もう一度、上奏すれば……大和暦が採用されると言わはるんですか？」

泰福がおろおろとして訊いた。春海は、にやりと笑い、

「必至」

事も無げにそう口にした。

詔が発布されたその日のうちに、春海はかねてから用意していた二百八十通にも及ぶ手紙を全て出した。加えて、幕府に対して詳細な指示をしたため、早急に届けさせた。

その春海の脳裏では、あの詔の発布の席で見た者たちの顔が一人一人思い出されている。この改暦で誰が得をし、誰が損をするかを細かく見極めていたのだ。

膨大な量の手紙が一斉に出されるのに泰福が啞然となっている。それにも構わず、

「では行きましょうか、泰福様」

「行くって……どこへでっか、春海はん」

「梅小路辺りがよろしいでしょう」

そう言って、このときのために江戸から取り寄せておいた、八尺にも及ぶ鉄表を梅小路に運ばせている。日月五星の観測のための機器であり、その異様さは嫌でも人目を惹《ひ》く。

「我々の大和暦法の確かさを、世の民衆に分かってもらうのですよ」

「まるで大道芸でんなぁ」

「暦とは芸です。優れた定石は、優れた踊りに通じます」

春海は適当なことを言った。だが春海に心酔している泰福は大真面目にうなずいている。

「なるほど。では魂を入れて、観測をお手伝いします」


「日天、出地。三度に仰角、願います」

春海が鉄の器械を動かしながら、朗々と声を放つ。大和暦法の正確さにさらに磨きをかけるためと、内裏《だいり》から許可をもらった上での観測である。念のために護衛も二人ほど付いている。付き人やら器械の運搬を手伝ってもらう者やらを入れると十数人にもなった。

まさしく大道芸人の一座である。これが格好のデモンストレーションの役を果たした。京人は、こぞって、江戸弁で声を上げる春海と、物静かに数字を記帳する泰福の組み合わせを面白がった。

また観測の合間には、小路に椅子を持って来させ、春海と泰福で碁を打った。これは春海の即興で、泰福がそのうち碁も教えて欲しいと言い出したところ、ではここでやりましょうと返したのである。

通りすがりの者が京が勝つか江戸が勝つかと、躍起になって観戦した。勝負を娯楽として楽しむのは江戸も京も変わりが無い。勝負は素人目にも白熱しており、しかも五分五分だった。春海の腕をもってすればそのように見せるのはたやすいことだった。暗記している譜面の中から特に面白いものを選び、泰福にもその通り打たせたのである。打ち損じがあればすぐに春海が修正する。これは大変な娯楽になり、二人の勝負に金を賭ける者が続々と現れた。

やがて――その梅小路に、春海から手紙を受け取った者たちがぞろぞろとやって来た。神道家、朱子学者、仏教家、陰陽師、和算家などが、春海と泰福の勝負を観戦したり、観測を手伝ったりし始めたのである。そしてそのまま今回の勅と、代々の暦法について の議論の場と化した。言うなれば春海は、天体観測にかこつけて、民衆をひっくるめた情報公開——あるいは公開討論の場を作り上げたのである。

そうして民衆が見ている前で、多くの専門家たちがこぞって大和暦法を賞賛し、

「日の本の暦法、ここにあり」

と謳ったのである。

天体観測と、碁の娯楽と、公開討論は、毎日のように行われ、大統暦の採用されたことなど知らぬ顔で何ヶ月も続けられた。

そしてその間にも、春海が放った政治工作は、着々と進んでいたのである。

大統暦の採用が発布されたこの年——幕府は春海の指示に従い、土御門泰福を「諸国陰陽師主管」とし、朱印状を下している。これによって土御門家は全国の陰陽師を配下とし、その収益は莫大なものとなることが予想された。

これが京の公家たちを動かした。みなこぞって、ぞろぞろと土御門家になびいたのだ。

さらに春海は、二度目の大和暦改暦の申請である『請革暦表《せいかくれきひょう》』を作成する際に、『今天文に精しいのはすなわち陰陽頭安倍泰福、千古にこえる』と泰福を絶賛し、改暦手当として土御門家へ千石もの現米支給を取り計らっていた。

また将来的に、朝廷と幕府の間で起こるであろう「天文・暦・頒暦（カレンダー）」を司る上での数々の取り決め策を、幕府を通して行っている。今で言う、著作権や版権

の交渉である。改暦に際し、どこかで誰かが損を受ければ、その者に別の形で得をさせる。ひたすらその繰り返しであった。

春海の予想外の出来事といえば、公家の者たちの心変わりの早さくらいだった。それまで官暦に固執していた公家たちが、揃って土御門家に——ひいては春海と大和暦に賞賛を送るようになっていたのである。

民衆の関心と支持を得て、専門家たちの是認を得て、公家の利得の心をつかんだとき——春海は、初めて機が熟したことを確信した。

「では、行きましょうか」

さらりと告げる春海を、泰福は、総身が痺れるような思いで見つめた。

「春海はん……春海はんはほんまに凄い……私の一生の師です。土御門の恩人です」

「私一人ではどうにもなりません。泰福様のおかげで、どうにか大任が務まりそうです」

泰福は言葉もなくかぶりを振り、感涙にむせびながら春海とともに内裏へ向かった。

その日——

春海は、大和暦法への改暦を、泰福の口上書を添え、天皇に上奏した。

生涯を賭けた、みたびの改暦請願であった。

上奏したその夜、春海は二十一歳の自分が伊藤重孝とともに山陰の道を歩いていると
ころを夢に見た。ふと目が覚め、自分が京にいることを悟り、ふと笑みが零れた。

「幸せものめ……」

そんな言葉が零れた。かつて何の疑いもなく自分の未来に希望を膨らませていた若い頃の自分に向けてなのか、今の自分に向けてのものかは判然としなかった。

気づけば、かつて北極出地の測定を任されてから、二十五年が経っていた。

今や、日本中の和算家や、旧来の暦法を重んじる者、あるいは中国の学問が最高と信じる者からの罵詈雑言が、春海一人に集中していた。そうまでして改暦の名誉が欲しいのか。そういう声がどこからともなく聞こえてきそうだった。

「ああ……欲しいね」

闇の中で春海はあっさりとそう呟いた。安井算哲ではなく渋川春海として何かを成し遂げたかった。死と争いを廃し、武家の手で文化を作りたいと願った保科正之の期待に応えたかった。伊藤重孝の「頼みましたよ」という言葉に応えたかった。関孝和という男の期待に応え、誉めて欲しかった。

多くの学者が、民衆が、あの梅小路にやって来てくれた。その全てに、意味があるのだ。改暦の名誉は、その全ての人々のために、何としても手に入れねばならない。

日本が――独自の暦を持つためにも。

それにしても、と思う。なぜこうまでして暦などにこだわるのか。自分だけではない。言ってみれば日本全国の人間が、大なり小なり暦にこだわっている。なんでみんな、そんなに暦が好きなんだろう。自分のことは棚に上げてそう思うと、途端にたまらない喜びが込み上げてくる。何月何日に食が起こる、大安はどの日か、月の満ち欠けはどうか、日月五星が互いにいつ交わるのか。暦を通してあらわになる人の信心・遊び心は果てしがない。

そしてそうした人間の信心・遊び心が極まって、文化になるのだ。

なんという素晴らしいことだろう。春海はいつしか微笑みながら泣いていた。

かつての立て札に貼った自分の設問を思い出した。関孝和が記してくれた解答を。それに「明察」と記したときの喜びが甦った。そしてそのとき見た、あの、きらきらと輝く河面の美しさを思いながら、春海は眠った。


貞享元年十月二十九日――大統暦改暦の詔が発布されてから、僅か七ヶ月後のその日。

霊元天皇は、春海と泰福の上奏を受けて、改暦の詔を発布された。

その詔勅《しょうちょく》により、大和暦法の採用が正式に決定されるとともに、「貞享暦法」の勅命を賜《たまわ》り、翌貞享二年から施行されることとなった。貞享暦は、中国暦に里差を加味した点で初めて日本の風土に基づいた暦法であり、天文暦学上の意義の高さが称えられた。

発布の場で、泰福は己の膝を握りしめ、ただただ滂沱《ぼうだ》の涙を流した。

「ほんまに……ほんまに……春海はん……やりました……大和暦が認められました……ほんまにおめでとうございます、春海はん、春海はん……」

春海はただ静かに瞑目した。感無量であった。


「やりおった！　幕府の一員が暦を作った！　武家が天に触れたのだ！」

大和暦採用の報告を受けた大老が叫びを上げた。城中が興奮に湧いた。

一方で、江戸の和算家たちは一堂に集まり、口を極めて春海を罵った。その場に、関孝和もいた。平然とした顔でいる。春海も同じように平然とこれらの悪口を受け流すだろうと思っていた。一方で春海がきちんと彼ら和算家たちの思いを受け取っていることも分かっている。だからこそ大統暦が採用されたとき、即座に再度の上奏を試みたのだ。

関孝和は座を離れて立ち上がり、ふらりと表へ出た。足が自然と、立て札があった場所へ向いていた。近頃は改暦話で持ちきりで、誰も数理試しをやろうとしないのである。

数々の数理が貼りだされては消えていったその橋のたもとが、まるで関孝和に、お前の和算の功績はここまでと告げているようだった。事実、そうなのだろう。自分にはあの授時暦を超えることができなかったのだから。

「どこまでも行くが良い……囲碁侍」

ほろ苦い微笑を浮かべて、関孝和は天を仰いでいた。自分には届かなかった天を。


改暦の大役を果たし、江戸に帰った春海は、幕府から褒賞を賜り、のちの貞享元年十二月一日付けで日本最初の「天文方」に任命された。

新設天文職は、百俵高《ひゃっぴょうだか》。百石取《ひゃっこくど》りと同じ収入である。春海はさらに貞享四年には百五十俵、さらに元禄十年にも百俵の加俸をうけている。

改暦に従い、八百年余もの間、伝統的手法により京で作成されていた暦は、その朔望《さくぼう》、二十四節気《にじゅうしせっき》など、全て幕府天文方が計測し、作暦するようになった。

それまで土御門の配下である暦博士・幸徳井《こうとくい》（加茂）家が造暦を司っていたが、江戸から送られてくる春海の原稿に日の吉凶を示す暦註を記入するだけとなった。しかしこの暦註や日の選別まで春海が改訂したこともあり、幸徳井家も暦職として新しい貞享暦法を学ぶことが必要とされた。

幕府天文方で作暦されたものは、幸徳井家が陰陽道的暦註を加えたのち、大経師（巻き物や折本の装丁を行うものを経師といい、大経師は朝廷や将軍家の経師の長）に頒暦（カレンダー）の写本暦を印刷させ、天文方から各地の暦師に配布することが決められた。各地の暦師は写本暦通りの頒暦の見本刷りを天文方に送り、その校閲に合格すると天文方から「押切」と称する出版許可証を貰って、初めて本格的に印刷を開始した。

かくして中世以来各地の暦師が各自頒暦を編纂発行していたものは、全て幕府天文方によって完全に統一されたのである。これ以後、頒暦の内容は全国同一となり、天文方から下付《かふ》された写本暦以外の記事を掲載することは許されなかった。ただ、体裁だけはこれまでの慣習によって各種のものが作られた。

暦師を認可する権限もまた天文方の手に帰し、幕府による頒暦統制が実現したのである。だが幕府は改暦に先だって、朝廷を懐柔するため、土御門家を全国の陰陽師の総支配者としたが、その際、公家側に暦の管理権を認めている。そのため次の宝暦《ほうれき》の改暦にあたって指導権を土御門家に奪われ、幕府天文方は苦汁をなめることになる。

暦を巡る朝廷と幕府の争いが絶えない一方、民衆はただ暦を楽しんだ。

貞享ののち、宝暦・寛政《かんせい》・天保《てんぽう》と、さらに三回の改暦が行われた。最後の天保暦に至っては西洋天文学の暦理や数値を参考にして、最も緻密《ちみつ》な太陰太陽暦を完成させている。

幕末になると年の頒暦数は四百五十万部に達し、世界にも比肩するもののない暦の高い普及率を示した。これは永い太平の時代に文化が向上し、識字層が庶民にまで拡大されたせいである。頒暦の形態も、巻暦・折暦・綴暦のほか、一枚刷りの略暦というように多様となり、官許の頒暦のほかにも、様々な内容・形態の雑暦が出版された。

中でも大小暦と呼ばれるものは、必ずしも暦法を重要視せず、遊びの精神に支えられ、より美術的・趣味的傾向が卓越したものであった。

日本人の「暦好き」をあらわす逸品であり、まさしく春海が感じた通り、暦は人の信心・遊び心が極まって作り上げる、日本の文化となっていったのである。

七十三歳のとき、春海は隠居してその職を実子の昔尹《ひさただ》に譲り、正徳《しょうとく》五年十月六日、逝去した。七十七歳であった。その墓は、今も東京品川の東海寺の墓地にある。

デストピア

ことに及ぶ前。

最後の『会話』をプリントアウトしたB4コピー用紙をトイレの壁に貼ったが、別にそれが宣言であるとか、決意表明であったとかいうわけでもなかった。

むしろそれが何であったか、後で誰かが誰かに説明してくれることに期待していたのかもしれない。でなければ単に、自分はこういうやつであるということを、自分が置かれていた状況がこんな感じのものだったのだということを、最後にここに晒《さら》しておきたかった、といった程度のものでしかない。

地下鉄の駅の改札口を出て、地下街に入ってすぐのところにある男子トイレの個室の壁には、中途半端な心霊写真を思わせるような落書きの痕跡が見て取れる。誰ともしれぬ者についての、誰のものともしれぬ言葉たち。不特定多数の誰かに向かって書かれた、不特定多数による、不特定多数についての、生命的なものと分別されなかったゴミの、ちょうど中間に位置するような放言の残滓。

壁に貼られた『会話』は、結局その最新の書き込みに過ぎない。それが何か意味を持つとすれば、単にそれがどこかの誰かとした最後の『会話』であったというだけのことで、実際、それを貼った本人ですら大してその価値というか意味を見いだせずにいた。

とはいえ、そんな風に思えるのも、実は、すでに完璧な魔法の言葉を手に入れているからだった。自分を行動させたのはそっちの方であって、間違っても壁に貼ったクズみたいな『会話』ではない。人を行動させるのはもっと別の、もっとシンプルで、もっと美しい言葉たちなのだ。何より、そうであるべきだった。

そう思いながら――あるいはここに来るまでに何度か思ったことを改めて確信しながら、壁の『会話』に背を向け、蓋を下ろした便座の上に腰掛け、手にしたそれらを見た。

二つの道具に、それぞれ極太ホワイトで記した、二つにして一つの魔法の言葉たち。

OCTOBER SKY

そして。

ROCKET BOYS

これらがなぜ魔法的であるか、すぐに気づける人は少ないに違いない。自分も、ネットを徘徊しているときに、たまたま誰かの書き込みを見つけ、そしてその意味がぱっと閃くまでに、何度か同じフレーズに遭遇する必要があった。

『十月の空』『ロケット少年たち』――これら二つのアルファベットの文字列は、ひと文字として誤魔化《ごまか》しもなく、完璧に同じ文字を同じ数だけ使った、綴り替えの言葉だった。二つのものが実は同じものであるということ。ずれも欠損も言い訳もなく、完璧に成立しきっている関係。その魔法的な発見こそ、本当の意味で、行動に値するものだった。

あるいは、もしかすると、誰かが別の誰かのことを理解する、ということなのかもしれない。OCTOBER SKY を構成するアルファベットが、順番を入れ替えられ、意味を変えられ、けれどもひと文字として誤魔化されず、ROCKET BOYS になる。

そんな風にして、人は誰かのことを受け入れるのかもしれない。

そんな風にして、誰かは誰かのことを、その人なりに思いやるのかもしれない。

オウムガエシのように同じ言葉を繰り返すのではなく、自分勝手に解釈して好きなように変えてしまうのでもなく。「こういうことを言う人がいたら、このように返事をしましょう」といった無数の決まり事に倣って、いい加減な言葉を並べ立てるのでもなく。

それは奇妙なことだろうか。

たった二つの文字列の意味を発見しただけで、その場に誰もおらず、自分の気持ちに共感してくれる者の心当たりさえないにもかかわらず、自分はかつてなく誰かによって理解されたと思いこんでしまうのは。

もしかすると、たまたまその瞬間、単に、自分の中の隠された行動の可能性を、ひょいと手にしてしまっただけのことかもしれない。コントロールされる前の感情と想像力が、勝手に結びついてしまっただけ。ただそれだけ。だがもしそうだとしても、その可能性に至らせたというだけで、それらの言葉は十二分に魔法的なのだ。

だから十月だった。

行動に値するのは、これが十月なのだと思える日であるべきなのだ。それはまさに快晴の、十月の澄み切った空でなければならなかった。

ただ待った。朝から雨が降っていたり、中途半端に雲が空を横切っていたりするたび落胆しながらも、ひたすら理想である日を待ち望んだ。気づけば十月の半ばが過ぎてしまい、準備と想像ばかりいたずらに繰り返す、毎晩が修学旅行の出発前日といった落ち着かない日々が続いた。だがやはり、その日は来た。それが来たということは、前日の晩から何となく感じていた。そして十月の第三日曜日の朝は、空気の匂いからして違った。

朝八時の目覚まし時計が鳴る前に自然と目が覚めた。そんなこと、中学の卒業式が来年に延びたと分かって以来、初めてのことだ。すぐにカーテンと窓を開け、行動に値する空を見た。空気はどこかで桃色の花が咲いているようにかすかに甘く、切ないほど澄んでいた。顔を洗って歯を磨き、必要な道具をコートのポケットに突っ込んで家を出た。コンビニでサンドイッチとジュースを買い、駅のホームで食べた。行動に値する空気に惹かれて来た大勢の人々とともに電車を乗り継いだ。そうして大きな都市の地下鉄の駅を出て、地下街のトイレに閉じこもり、今、最後の準備に入ったのだ。

準備をしているうちに十月の空が変わってしまうことに不安はなかった。外へ出れば、それがちゃんとあるのは分かっていた。またもし見かけが違っていたとしても、その空を構成するものは何一つとして変わらないはずだった。自分が今、両手に固定しようとしている二つの道具に記された二つの文字列のように。

薬局で買った九十七円・消費税込みの捻挫用テープで、まず利き手に道具を縛り付けた。何度も練習した通り、親指だけは自由に動くようにしたまま、がっちりと道具の柄の部分と自分の手を一つのものにした。テープは手首にまで至り、いかにも強固な感じがした。

左手は親指も一緒に、完全に道具と一体にした。右手の親指だけの作業にしては実に滑らかに進み、それは執拗に行った練習の成果というよりも、まさに行動に値する空気によって導かれた結果というべきものだった。

そうして両手で自由になるのは右手の親指だけになった。

逆に言えば、その指は保護されざる部分であり、道具に記された二つの文字列にきちんと固定されていない唯一の不安な箇所でもあった。だが今や残り九本の指と手の平全体が道具と緊密につながっており、いわば自由な親指は、残りの指の行動を先導する、リーダーとか班長とか、修学旅行の委員みたいなものであって、不安は当然なのだ。

そんな強気な思いが自然と湧くのは不思議だった。自分は自分のことを、些細なことをいつまでも不安に思い続けるたちなのだと思っていた。だがこのときは違った。決意という感じのものが自分を隅々まで透明にし、軽くしているように思えた。

そもそも何かを決意したことなどないし、決意なんていう言葉を頭に思い浮かべた経験自体まるでないといっていい。なのに今は決意という言葉以外に思いつかず、胸の不規則なドキドキが遠くの方にあるような、妙に高い場所に立って自分を見ているような感じを味わいながら、なるほどこれが決意なんだ、と自分で自分に感心していた。

ずしりと重い右手。ぎらりと尖った左手。その両方に満足し、班長である右手の親指が持つ捻挫用テープを、トイレのドアのフックにかけていたコートのポケットに押し込んだ。

それからコートを着るのではなく、肩からかけて、両手が外から見えないようにするのに、ちょっと手間取った。

以前、親戚が亡くなったときに母親が買ってきたコートで、裾《すそ》が足首まで届き、黒い滑らかな生地をしていた。大人っぽすぎて違和感があったが、なんでそんなものを母親が買ったかといえば、一人息子が公立中学の制服で親戚の葬式に行くのを嫌がったからなのだと、最近になって気づいた。息子には本当は私立の学校に入って欲しかったらしいのだが、事情があってそれができなかった。というのも私立中学の受験当日、母親からいつもより顔色が悪いと騒がれ、何だか分からないうちに家を出ることを禁じられ、気づけば試験自体、受けることができなくなってしまっていたのだ。

母親が「病気」という言葉を出すたびに自分は一切の行動停止を余儀なくされる。今日も家を出るときに最も心配していたのはそれだった。母親に一言、「あなた顔色が悪い気がするわ」と告げられればもう終わりだ。一日か二日は家を出してもらえなくなる。あるいは卒業できなくなったときみたいな騒ぎになるかもしれない。

今日という日が本当に行動するに値したのは、母親が前日の晩に『生理』になったこともある。母親はなぜか『生理』とか『更年期障害』といったことを嫌になるくらい詳しく息子に言って聞かせる癖があった。息子は当然のことながら、それが普通のことであると思い込んだ。そのせいで小学校四年生のとき、具合の悪そうな女の子に「生理？」と訊いてしまい、クラス中の女の子の憎悪の的になったことがあった。自分の家庭のどこが他と違うのかを教えられた、最悪で貴重な体験だ。

そうこうするうちに両手が完全にコートの内側に隠れた。ちょっと大きめなのが幸いして、そう簡単にはずり落ちない。両手の道具の尖端で生地を裏側から引っかけるようにして前を合わせれば、まず体から落ちてしまうことはない。

準備は終わった。

いよいよだった。

外に出る前に、最後の『会話』を見た。読んで意味を探すのではなく、ただ眺めた。今いる場所の嫌な臭いが、全部、その『会話』から漏れだしているような気がした。

※

rmSYSTEM　チャットルームなんでも悩み相談room3

rmSYSTEM　もえさん（女性）が入室されました。

rmSYSTEM　中学四年生　YUSUKEさん（男性）が在室中です。

もえ　こんにちwa　学校から帰ってきて急いでつないだョ
中学四年生　YUSUKE　ふざけんな
もえ　昨日話せなくて寂しかった^^
中学四年生　YUSUKE　さっきまで話してたでしょモエ。もえ。萌。
中学四年生　YUSUKE　ころころMOEとか会う気ないんでしょ
もえ　ころこr　MOE?　誰?
もえ　予定大丈夫。土曜ならお昼ごはん一緒にしよう
中学四年生　YUSUKE　きっとまたドタキャんN
もえ　ドクターキャンセル（笑
中学四年生　YUSUKE　おそいんだレスが
もえ　チャット初心者?　大丈夫だよ
中学四年生　YUSUKE　馬鹿にしやがって。ネカマのくせに
もえ　は?
もえ　馬鹿になんかしてないよ
中学四年生　YUSUKE　さっきモエのとき池袋なら会えるって言っただろ
もえ　Royal Hostで晩ご飯食べない?　今日も仕事の帰りに食べたんだ

中学四年生　YUSUKE　昼か夜かはっきりしろよ。なんて読むんだよ。ロー？
中学四年生　YUSUKE　ロイホか
もえ　そうそう。サンシャイン通り。デザートけっこう美味しいよね
中学四年生　YUSUKE　むかし父親と食った。パンナコッタまだあんの
もえ　バーガーセットすごい大きいの。そっちは何食べたの？
中学四年生　YUSUKE　さっき話しただろモエのとき
中学四年生　YUSUKE　母親が俺のこと病気だって言い出しておかゆになったって
中学四年生　YUSUKE　もうきれそう
もえ　西口公園でお昼にハンバーガー食べない？　お空の下で食べたいな～
中学四年生　YUSUKE　土曜昼池袋？　でいいのほんとに？
中学四年生　YUSUKE　rすおそすぎ同時に何人と話してるか知らないけど
もえ　何曜日にする？
中学四年生　YUSUKE　もう落ちる　いい。寝る
もえ　もう？
中学四年生　YUSUKE　そっちが本当は男でもいーんだ　話したいだけだから。
中学四年生　YUSUKE　誰かと話したい

もえ　まだ何も話せてないよ　淋しいよ
もえ　一緒に最後までしてから寝ようよ
中学四年生　YUSUKE　だまだきれそうだめだくそ
もえ　我慢できないのね？
もえ　いいのよ我慢しないで
中学四年生　YUSUKE　うざい　死ね
もえ　いいのよいっちゃいなさい
もえ　ほらいっぱい出していっぱい出
中学四年生　YUSUKE　さよなら

rmSYSTEM　中学四年生　YUSUKE（男性）さんが退室しました。

※

班長こと右手の親指がドアの留め金を外した。すぐに誰か入ってくるかと思ったが、トイレには誰もいなかった。繁華街の地下にしては珍しいことだ。

地下街に出て、地上への出口に向かって歩きながら、自分が貼った『会話』を見る人がいるだろうかと考えた。自分がOCTOBER SKYを知る少し前の『会話』を。

それを見て何を思うだろう。

自分が知る会話はどれも似たりよったりだ。ずれてばかり、誤魔化しばかり、隙間ばかり。自分勝手な会話ともいえない会話ばかり。母親も先生も彼女も友達もそうだった。父親は会話どころか電話が鳴っても自分で取ろうとしない。いつも黙って新聞を読んでいるかテレビ欄に何本もの蛍光ペンでびっしり印をつけているだけだ。

人目につかないよう、大きなエスカレーターの前まで来た。コートの合わせ目に気をつけながら乗った。家族連れやカップルや何のためにこの都市に来たのか分からないような人たちが自分の前後にずらっと並んで一緒に地上へと運ばれてゆく。

後戻りのきかないエスカレーターの上昇に身を任せ、それでも何とかなっていたのだ、と思った。適当に諦め、気をつけて折り合えば、なんてことなかったはずなのだ。

それが何ともならなくなったのは中学三年生の夏に入院してからだ。原因はよく分からない。友達と泳ぎに行ったら、お腹が痛くなった。ただの空腹か筋肉痛か、それとも単に気のせいだったのかもしれない。母親に「顔色が悪いわ。どこか痛いんじゃない？」と言われたら急にかすかな痛みを感じたのだ。母親はすぐに息子を病院につれていった。待合室で母親が受付の看護師に大声でまくしたてるのを見るうちに本格的にお腹が痛んだ。

それで色々な検査をされ、気づけば入院していた。しばらく我慢していれば元通りになるだろうと思っていたのが間違いだった。手術すると聞いたときは頭が真っ白になった。いったい何のための手術か、医者にも分かっていなさそうだった。

自分は元気であると主張することがいかに不可能だったかを思い出すたび、眉間《みけん》の辺りが痛くなって両方の目蓋《まぶた》が自然と震えてくる。理由が分からないままお腹を切り裂かれ、再び縫い合わされた。何もかも規則正しく行われたのに、当の本人は何のためにそうされたのか分からず終《じま》いだった。一週間後に退院し、数週間は体育の授業にも出られず、昼には早退した。そうしなければならないと医者に言われた——と、母親に言われたのだ。

それから二ヶ月とちょっと過ぎくらいのとき、何かが壊れた。気づけば右の脇腹にある手術跡の周辺が真っ青になっていて、ものも言えないくらいの痛みに襲われた。母親は今度こそ本当に死にそうになっている息子を病院につれてゆき、過去に例を見ることができないくらいの金切り声で「医療ミス！　医療ミス！」と叫び続けた。それ以外に鳴き声を持たない変な生き物みたいな快活さだった。どこからそんな元気が出るのだろうと不思議に思うほど、そのときの母親は躍動感に満ちていた気がする。

そうしてまた完璧な規則正しさで検査され、説明され、手術室に運ばれ、前回よりも大きく腹を切り裂かれた。それで何が分かったかと言えば、何も分からなかった。医者や看護師がものすごく色々な説明をしたけれど、要するに原因不明だった。一度、「手術跡の周辺を、しつこく何度も叩いたりしない限りこうはならない」と医者が呟いたが、「そんなはずあるわけないでしょ」という母親の叫びでかき消されてしまった。母親の叫びには何でも消してしまう力があった。

また一度だけ看護師に真顔で「自分のお腹を叩いたことある?」と訊かれたことがあったが、ビックリして「いいえ」としか答えられなかった。その質問をされた晩、学校から早退した自分が、一人ぼっちで帰宅する間、ずっとお腹を叩き続けている夢を見て、驚きのあまり飛び起き、気持ち悪くなって吐いてしまった。

母親は真夜中だというのに連絡を受けて弾丸のように飛んできた。母親に気持ち悪くなった理由を話すと、なんだかとんでもない騒ぎになり、翌朝には別の病院に運ばれていた。

そこでは母親を刺激しないよう、わざとらしいほど何もかもが規則正しく行われた。自分も、笑ってしまうような規則正しさの一部になった。口が自動ドアみたいに開閉され、見舞いに来る母親や、彼女や友達に向かって、「元気だよ」「頑張るよ」「まだちょっと痛いよ」「痛くなくなってきたよ」といった言葉がひょいひょいスムーズに出てきた。

やっと健康になって退院したと思ったら、今度は母親と一緒に学校に行くことになり、校長先生と担任の先生から、出席日数が足らないということを、本当の規則正しさで説明された。母親が絶叫してどうにかしてくれるかと思ったが、ただ悲しそうに涙を浮かべて先生たちの言うことを聞いてうなずくだけだった。

自分のいない卒業式が過ぎ、自分がいるはずのない入学式が過ぎた。

父親は息子が中学四年生になってからというもの、家の中では全く喋らなくなった。一度、自分と父親が家にいるとき、電話が延々と鳴り続けたことがあった。父親の声が聞きたくて陰から見ていたが、まるで耳のない人になってしまったように父親は動かなかった。

電話が鳴りやむと同時に、途方もないほど深い諦めの気持ちでいっぱいになった。

中学四年生として登校する間、同じような気分が何度か続いた。中学二年のとき文化祭で一緒の委員になって以来、仲良くなって二人で登下校し、お互いに好きかもしれないという気分によって付き合っていたはずの彼女とは、すぐにずれた。ある朝、高校に通う彼女に会うために朝早く駅で待っていたが、彼女はちらっとこちらを見ただけで、早足で駅に入ってしまった。まるで中学四年生という得体の知れない生き物からは、急いで離れなければいけないというようだった。友達もみんな同様に遠ざかっていった。驚くほど規則正しく、決められた通りのことをしているのだと言わんばかりに応対された。

それで嫌いになったのが「頑張れよ」と「ごめん」の二つの言葉で、目にしたり耳にしたりするだけで頭がガンガンするようになった。それは中学四年生である限り決して逃げられない痛みだ。教室でも、しばしばその最悪の言葉たちが聞こえた。後輩なのか同級生なのか分からない人間たちが、自分の存在を完全に無視して行う会話からも。

ひどい頭痛を抱えながらも中学四年生の一学期を耐えた。中学五年生になることが本当に怖かったから耐えたのだ。そして朝から自室で延々とネットを徘徊する夏休みの終わり頃、やっと魔法の言葉に出会えていた。そのために苦痛に耐えてきたのだとさえ思った。

それで、二学期も耐えられると思った。それどころか実際、何でも耐えられた。

OCTOBER SKY――そのときを待て。

そう心の中で唱えるだけで頭痛は消えた。母親の言葉さえ黙って無視できるようになっていた。

あるのは行動だった。

行動に値する日を待ちさえすれば良かった。

※

地上に到着すると、思った通りの少し冷たくて透明な空気の中に出た。大きな百貨店ビルのふもとにある地上出口。目の前の通りから左へ向かって商店街が始まり、賑やかな人と店の群が何百メートルも先まで続いている。

人の流れに従って商店街へ向かう途中、なぜか突然、足が止まっていた。

何か大事な物を持ち忘れたことに気づいたときのような心細さと苛立《いらだ》ちが、強い疑問と一緒になって自分の背中から潜り込んで心臓をわしづかみにした感じだった。

なんで、こんなことしなければいけないんだっけ？

疑問が言葉になってさらに自分を縛った。すぐに、会話のない苦しみに耐えてきた自分がこうするのは当然なのだ、という思いが湧いた。だがそれは心の底から湧き上がったものの、現実に到達する前に、大きな蓋に遮《さえぎ》られたようになった。

トイレの中で感じた決意と自分の間に、いつの間にか大きな隙間ができていて、前へ進もうとしても、どうせ足が地面に届かずに宙でつるりと滑ってしまう、というような不思議な抵抗感が生まれていた。

何が起こったのか分からなかった。今日がその日のはずなのに。このときを待つことでやっと自分は耐えてこられたのではなかったのか。

急にどうしようもなくなり、最後の頼りを求めてコートの中をそっと覗いた。ずしりと重い右手。ぎらりと尖った左手。それぞれの道具に記された二つの言葉——そのうちの一つに、ふと違和感を覚えた。何だろうと思って見つめているうちに、ものすごく根本的なところでずれていたことに気づいて、ぽかんとなった。

ROKCET BOYS

KとCの順番が逆だった。綴りを間違えて書いてしまったのだ。

理解した途端、何かが完全に消えた。急に体が軽くなった気がした。驚いたことに、一年ぶりくらいに自然と笑みが零れていた。たった今まであった決意が、炭酸飲料の泡みたいにシュワッと音を立てて消えてしまい、弛緩した気の抜けた心だけが残った感じだった。

と同時に、こうして入念に準備をし、実際に行動の入り口にまで立ったのだ、それができたのだ、というちょっとした満足を感じた。それで、今度は急に泣けてきた。これも一年かそこらぶりに涙が浮かんだ。まさか両手をコートの外に出して拭うことなどできず、涙が零れないよう細心の注意を払って瞬きを繰り返しながら、家に帰ろう、と思った。

トイレに戻ってテーピングをほどき、間違った言葉を手から外そう。

十月の透明な空気を深く呼吸した。諦めとは違った、妙に穏やかな気分だった。ゆっくりときびすを返して再び地下へ戻りかけたとき、コートのポケットから、ぽろっと何かが落ちた。テープ——捻挫用。税込み九十七円のそれが、滑り止めの模様のついたタイルの上をころころ転がってゆくのだ。

あまりのことに凍りついたように立ちつくしたまま、テープの行方を目で追いかけた。本当は、そんなことをしてはいけなかったのかもしれない。テープを落としたことに気づかない振りをして、さっさと地下へ戻るべきだったのだ。

だが入念な準備のための道具であり、今日という日の行動の象徴でもある捻挫用テープが、突然、手を離れてしまったことに、とてつもない恐怖を感じていた。

自分が行動に背を向けたせいで、テープが怒って外へ飛び出したように思った。自分が何をしようとしていたか、コートの裏側で自分の両手が今、何を握っているかを、そのテープが大声で辺りを行き交う人に告げしらせているかのような思いに囚《とら》われていた。

拾おうとか追いかけようとかいったことよりも遙かに強く、そのまま誰にも気づかれぬままテープの転がりが止まることを念じていた。テープは二秒か三秒かけて、数メートル先まで移動し、勢いを失ったかと思うと、ぐらりと傾き、力尽きたように倒れた。

こちらも倒れそうなほどの安心に襲われた。逃げるなら今しかないという気持ちでテープから顔を背けた。自分のことを何もかも知る相手から逃げ出し、二度と会わないようにしなければという思いに駆られ、地下に向かおうとしたところへ、声が来た。

「落としましたよ?」

唖然となって振り返ると、頭一つ小さな、自分と大して歳が違わないような女の子が、優しい微笑みを浮かべてそばに立っていた。肩からたすきにかけたバッグに左手をかけ、右手にはあのテープを持っている。

そのテープをこちらに向かって差し出されると、耳には聞こえない謎のガラガラ声で、オマエハバレテイル、コウドウシロ、イマスグ、ハシレ、ヤレ、と立て続けに命じられた気がした。

凝然となって声も出ない自分に、女の子は小首を傾《かし》げるような仕草をし、そしてコートの隙間をじっと見つめた。自分も激しい心臓の音を感じながらそれを見た。入念にテーピングした両手の一部がコートの陰から見えていた。理解の光が、女の子の可愛らしい両眼に浮かんだ。それは紛れもない恐怖を感じさせた。

「あ、ごめんなさい。私ったら。怪我してたんだ」

女の子は言った。そしてバッグにかけていた左手をこちらのコートへ伸ばした。

「ポケットに入れますね」

その声は涙が出るくらい優しく、そして世界の終わりを告げるかのような逆らいがたさに満ちていた。凍りついたまま、うんともいやとも言えず、そんなテープは知らない、自分のではないといった言い訳をおろおろした頭で考えながらも口に出せず、ついに少女がコートの裾を引っ張った瞬間、反射的にびくっとなって後ずさり、その拍子に、両肩から全てが滑り落ちるのを感じた。混乱と恐怖のあまり隠そうとさえ思いつかずにいる一瞬のうちに、相手に裾をつかまれたままのコートが、何かの亡骸のように足下に落ちた。

いきなり街中で全裸にされたような屈辱と恐怖に襲われる一方で、女の子は完全に表情を失い、その両眼だけが別の生き物みたいに真ん丸に見開かれていった。

ずしりと重い右手。ぎらりと尖った左手。両手に縛り付けられた二つの道具。極太ホワイトで書き込まれた二つの文字列。片方は綴りを間違えた、行動のための言葉たち。

右手に三キロ強のハンマー＝『OCTOBER SKY』

左手に刃渡り二十三センチの三角包丁＝『ROKCET BOYS』

女の子はまだコートの裾とテープを持ったまま、人形のように棒立ちになっていたが、急にその唇に生命が戻ると、ぱかっと大きく開かれ、真っ白い歯がむき出しになった。

相手がものすごく急いで声を限りに叫ぼうとしているのだ——という理解が引き金となり、何としてでも黙らせなければ——という恐怖に満ちた思いが引き金を引く力となって、気づけば三キロ強のハンマーを振りかざしていた。その行為はさらに相手の叫びを加速させるに違いないという思いが恐慌を呼び、力の限りにハンマーを振るった。

音——その瞬間あらゆる言葉が永遠に自分の中で濁音と化したような混沌《こんとん》に満ちた一撃によって、女の子の額のすぐ上が大きく凹《くぼ》むのを見た。目がぐるっと裏返って血走った白目になり、ぎくしゃくと手足を動かしながら半回転し、倒れていった。

女の子がそれでもコートとテープを持ったままだったかは分からない。急いで背を向けて走り出したせいで、本当に女の子が倒れたのかも確かめていなかった。

恐怖が号令となったとき、初めて行動が自分自身のものとして飛び込んできていた。行動という名の何か熱くて激しいものが突如として舞い降りてきて、決意と自分の間にあった隙間を消し、それら二つを完全に一つのものにしてしまったのだ。

足は当然のように地下ではなく商店街の入り口へ向かった。ちょうどそこへ百貨店から買い物袋を抱えた若い夫婦といった感じのカップルが出てきて進路を遮ったとき、それが何であるか名づけることもできそうにない真っ白い決意とともに、左手の包丁を勢いに任せてまっすぐ突き出していた。男性の右側の少し前を歩いていた女性の、鮮やかな蛍光色のセーターに覆われた腹部を、斜め後ろから刃が貫き裂いた。そこに肝臓があるとか、刺せば一撃で死ぬとか、人体において重要な部分であるといった考えは微塵《みじん》もなく、刃と自分の体重と駆け出した勢いが一つの塊になって何かにぶつかる瞬間だけを感じた。

皮膚とセーターが爆発したように刃に突き破られ、赤いぶよぶよしたものが女性の腹からどばっと零れ出てきた。まるで月曜の朝に出す生ゴミの袋が破れて中身がどっとばらまかれたような感じだった。同時に自分の肩と女性の背中が勢いよくぶつかり、女性は男性の方へ倒れ、自分はバランスを崩して歩道へ転がり倒れた。通りがかった人々が驚きの声を上げて足をすくませるのが見えたが、誰も自分を止めようとはしなかった。

二つの道具、二つの文字列と一体となった両手を慌てて路面につけて立ち上がり、勢いのままに再び走り出しながら、後ろの方でキャーとかワーとかいった叫びが起こるのを聞いた。中でも、「おいっ！　おいっ！　おいっ！」という声に一度だけ振り返った。自分を呼び止めていると思ったのだが、声の主は先ほどのカップルの男の方で、倒れた女性に向かって買い物袋を抱きかかえたまま「おいっ！　おいっ！　おいっ！」と無意味に叫び続けているだけだった。

目の前にいた通行人が意味の分からない声を上げてとびのいた。おかげで、狭い歩道からより広い路上へと容易に走り出せていた。十月の澄んだ空気と一緒に、ファーストフード店から漂う食べ物の匂いや、トイレの臭気や、排気ガスの臭いを感じた。それらが沢山の人間の影のように自分を覆い隠そうとしているように思えた。その全てを真っ向から突き破ってやろうという、自分が素晴らしい存在になれたような気分の良さを味わったとき、牛丼屋の陰から五歳くらいの子供が出てくるのが見えた。

反射的にそちらへ向かいながら、真っ白い決意が何か別の、もっと具体的な気分の良さを伴うものに変わっていた。ヤレ、ヤレ、ヤッテヤレという謎のガラガラ声を耳の奥に感じながら、できる！　やれる！　可能なんだ！　全然やれる！　と興奮に満ちた思いで右手を振り上げ、子供のそばを風のように走り抜けながら力いっぱい振り下ろした。

ハンマーに記された文字が真っ赤に染まり、五歳くらいの子供の髪の毛が頭皮ごと千切れて金属部分にべったりくっつくのがスローモーションで見えていた。

そのまま全力で走り抜ける自分の背後で、聞いたこともないような金切り声がいくつも上がった。なぜかそのうち、ヒャーアーと自分が殺されそうになっているような哀れな悲鳴は、子供の母親のものに違いないという考えが脳裏をよぎり、怖ろしいほどの興奮に襲われていた。そんな叫びを母親に上げさせたのが自分であるという猛烈な快感で血が沸騰し、脳が白熱するような喜びを感じた。

手術をすることになったあのプール帰り以来、全力で体を動かすことなどなかったにもかかわらず、今、全身が生命の歓喜に高ぶっていた。病気なんかじゃない！　病気なんかじゃないんだ！　という晴れ晴れしさでいっぱいだった。お前には無理だと言われ続けてきたことを、みんなの前であえてやってみせたような誇らしさが、それまで一度も考えなかったようなことを自分に教えてくれていた。本当に病気だったのは自分のほうなんかじゃない、母親のほうだ――という、空と地面がひっくり返ったような衝撃的な考えだった。

なぜそう言えるのか理屈は分からない。実際に母親にそんなことを言えるとも思えない。だがその考えには、OCTOBER SKYという言葉に出会ったのと同じくらいの感動があった。泣き出したくなるほど嬉しかった。その喜びのまま、さらに速度を上げて走った。

ぶらぶらと歩道を渡ろうとする二十代前半くらいの、茶髪やピアスの男女が四人、目の前に現れていた。ものも言わずに走り込んでくる自分に気づいて、二人の男がびっくりして身を引いた途端、ぶつかり合って転んだ。女の子の一人はぎょっと足を止め、一人は訝《いぶか》しげに眉をひそめてこちらを振り向いていた。

左手の刃が、こちらを見る女の子の顔へ、下から斜めに突き込まれた。唇とほっぺと鼻がいっぺんに切り裂かれ、刃先が左目の眼窩《がんか》にぶつかって、ごつっという音とともに骨と肉を削り取った。綺麗に整えられた眉が肉ごと千切れて、一瞬だけ刃先にぶら下がったが、彼らの間を走り抜けたときには、宙に飛んでどこかへ行ってしまっていた。

悲鳴が後ろからではなく前からも聞こえるようになり、路上を全力疾走する自分の目の前からどんどん人がいなくなった。一度だけ、ばたばたと何人かの男たちが横から現れてつかみかかってきたが、走りながら両手を振り回すだけでみんな驚くほど簡単に退けることができた。自分がどんどん大きな動物に変身していって何もかも踏み潰《つぶ》して一直線に走っているような爽快感に満たされる一方で、決してそんな動物にはなれない本来の肉体が、一連の行動に悲鳴を上げ始めていた。

息はガスライターの火みたいに熱く噴きこぼれ、心臓がパンクして胸の奥にある血も肉もいっぺんに弾け飛んでしまいそうだった。それでも謎のガラガラ声は、ハシレ、ハシレ、ハシレと命じ続けている。この商店街の終わりまで。世界の終わりまで。走るのだ。そうすればもう、何も不可能なことなどない。もう何かを諦めることもなくなるのだ。母親にだって、父親にだって、離れていった全ての人間や、中学四年生に戸惑う先生やクラスメイトたちにだって、平気で自分から話しかけられるようになるに違いないのだ。

何の理屈もなくそう思えた。まるで神様という言葉の意味を本当に知った気分だった。たとえ世界中の人間が、どうやっても説明できなかったとしても、最後の最後で、神様が全てを分かってくれるのだ。もし神様に本当に頼むべきことがあるとするなら、それは、自分でさえ分からない自分のことを全て誤魔化しなく理解してもらうということなのだ。

いくつもの十字路を直進し、沢山の悲鳴の中を駆け抜け、ついに何十メートルか先に大通りの信号が見えていた。そこが商店街の終わり、行動のゴールだった。到達することによって何もかもを変えることができる、本当の自分になれる、もう誰ともずれることのない場所だ。そこに辿《たど》り着くことがこの行動の全てなのだと心の底から信じ切って走った。

痛みを訴える両膝に最後の力を込めて、残された道のりを走破しようと強く心に決めたとき、突然、すぐ先の大きな建物から、わらわらと男たちが現れた。みな白いシャツに蝶ネクタイをしており、なぜか、緑色の籠《かご》を手に持っている。

籠には『PACHINKO』と白字で記されており、その底を両手でつかんだ状態で、籠の内側をこちらに向けていた。かと思うと次々に路上に飛び出し、まっすぐ迫ってくる。

その一人へ向かって、走りながらハンマーを振るった途端、手首から先を、すっぽり何かに覆われてしまったような異様な感覚に襲われた。

「左、左！」男たちの誰かが叫んだ。

さっと別の一人が迫った。

反射的に包丁を突き出して、こちらに向けられた籠の底を刺した。籠が素早く下へと向けられた。籠の縁が強く手首を打ち、そのまままさらに下方へ押し下げられた。

視界が、遠くにあるゴールから急激に地面へと向いた。焦って抵抗しようとしたが、両手を道具ごと籠で封じ込められ、大きくバランスを崩して前のめりに転び、アスファルトで頬と額が擦りむける痛みと熱を感じた。

そして気づけば、そのまま籠を使って手を押さえつけられ、うつぶせになったままぴくりとも動けなくなってしまった。

唖然となるほどの手際の良さだった。慌てて首をねじって彼らを見上げた。まるで「誰かがハンマーと包丁を持って暴れたときは、パチンコ店の籠を使いましょう」と規則で定められていたかのように、どの男たちも当然のような顔で自分の手足を押さえつけていた。

「店長、こいつ縛ってます」右手に籠をかぶせて押さえている男が言った。いつも見慣れたものについて言及するような口調だった。

「手が上がらんようにしとくか」大柄な男が近寄ってきた。その巨大な膝が迫り、自分の頭の上に乗せられ、顔面がアスファルトにめり込むかと思うほど体重をかけられた。ただでさえ走り続けて呼吸がめちゃくちゃに荒く、窒息しそうになったところへ、店長と呼ばれた男が、いきなり背中と肩胛骨《けんこうこつ》の隙間の辺りを殴ったのを感じた。

そんなところを殴るなんて聞いたこともなかった。本当に息が止まってしまうほどの痛みが、脳味噌をめちゃくちゃにかき回して鼻から突き抜けていく感じだった。その痛みを知っている人間と知らない人間では、別の人種だと言っていいくらいの衝撃が、もう片方の肩胛骨のそばに振り下ろされた。汗と涙と鼻水とよだれがいっぺんに噴出し、顔中から痛みが液体になってあふれ出た。それまでしっかり道具につながっていたはずの両手が異様な痺《しび》れを起こし、大急ぎで両手のテープを剝《は》がして冷たい水につけなければ指が腐ってなくなってしまうということしか考えられなくなった。

頭から相手の膝がどけられ、両脇から腕をしっかりつかまれた状態で立たされた。

完全に抵抗する気力も失せて泣きべそをかいていると、今度はこれから戦争でもしに行くみたいな格好をした警官たちがやって来た。みな分厚い胸板に防刃チョッキをまとってぱんぱんに膨らんだ上半身をしており、自分のハンマーよりも強力そうなぴかぴかの警棒や、包丁などではびくともしないような透明な盾《たて》を持っていた。

「ご苦労さんです」パチンコ屋の店主が言った。

「おたくらが押さえたのか」警官が不機嫌そうに言った。「おたくの客か？」

「子供ですよ」

「見りゃ分かる」

パチンコ屋の店員たちがぐいと自分の体を前へ押した。そのまま警官たちに同じように両腕をつかまれ、両膝がくたっとなるにもかかわらず、容赦なく引きずられていった。どの警官も、なぜ自分がこんなことをしなければならなかったかについては興味がなさそうだった。店員たちよりも遥かに手慣れた感じで、足早にパトカーまで連れて行かれた。

その背後で、パチンコ屋の店員が真面目な調子で言った。

「あんなもん持って、店長だったら百人くらいやってんじゃないすか」

「ばか。金にもなんねえのに」

「あいつ何がしたかったんすかね」

「欲求不満だろ」別の店員が言った。「ガキじゃ風俗にも行けねえし」

「やりたかっただけだよ。そんで、やっちまったんだよ」店長が言って、店に戻った。

他の店員たちも店に戻っていった。

商店街では、いつまでも騒ぎが続いていた。

※

自分を構成していたものが全てバラバラになり、新たな形を得るめどが全くつかない、といった状態で、ただぼんやりと宙を見ていた。乱暴にテープを切られ、道具を二つとも取り上げられると、血が止まるかと思うほどきつく手錠をかけられ、パトカーの後部座席に放り込まれた。両側を巨体の警官二人に挟まれて運ばれる間、色々なことが思い浮かんだ。それまでどう考えていいのか分からなかったことでさえ、次々に言葉になるのを感じた。そしてその全てを、今やっと心の中の母親に話しかけることができていた。多くの隙間を埋めるために。今なら現実の母親にも話せるんじゃないかと、放心したまま思った。

本当は僕のお腹はちっとも痛くなかったんだ。お母さんがそう言うから、そう思っちゃっただけで。僕は病気じゃなかったのに、お母さんの間違いで中学四年生になっちゃって、それで色々おかしくなったんだ。でもお母さんのこと嫌いじゃないよ。だから一緒にお父さんに話しかけようよ。電話くらい取ろうよって。もしかすると電話を鳴らしているのは僕かもしれないしお母さんかもしれないんだから。それともそれはお父さん自身なのかもしれない。誰かが誰か自身のためにかけた電話かもしれない。ただ、誰かと話がしたくて。

お母さんの話を聞かせてよ。
お父さんの話を聞かせてよ。
それから僕の話を聞いてよ。
みんな、みんなの話を聞こうよ。

十月の空の向こう側に飛んでいっちゃわないために。

メトセラとプラスチックと太陽の臓器

〔※作者注

当コラムは三年前にＳＦマガジンで十ヶ月間にわたって連載された『メトセラ妊娠日記／夫視点』の数回分を一つにまとめたもので、そのためいくつか前もってお断りしておかなければならない点があります。

一つは、抗加齢臓器の形成遺伝子注挿技術の略称について。この、ＡＡＩ（アンチエイジング・インジェクション）の名で知られていた医療技術名は、今年になって正式にＬＡＩ（ロングエイジング・インジェクション）という呼び方に変わりました。ただし、コラム執筆時はまだ名称が定まっていなかったため――というよりもむしろ当時の厚生労働省と特命担当大臣である長生子計画大臣とが意図的に名称確定を避けていたふしがあるので――当時の気分をあらわすものとして原文ママにしております。

またご存じの通り、今年四月七日の〝世界保健デー・シンポジウム「長生子世代の発育状況と今後の保健機構の在り方について」〟で、WHO（世界保健機関）がこれまであえて誰もが曖昧にしていた諸々の名称をはっきり発表しました。もの書きである僕としては、ようやく決まったかと安堵の思いさえ抱かされます。やれやれ、本当に長かった。

人によっては、大事なのは事象であってそれをどう名づけるかは二の次だと言う方もいるでしょうが、これはこれで大いに重要で、今後、マスコミや民衆がどのような呼び方を選んでゆくかは別として、錯綜する世界市民感情がようやく落ち着いてきた証拠であると、個人的には感じますね。

これまで胎児に移植される新臓器は、主に三つの呼び方で知られていた。一つは「抗加齢臓器」（日本合衆国・厚労省発表）、二つ目は「メトセラ臓器」（大半のマスメディアがこの呼び方を好んでいた）、三つ目が「第十三臓器」（医療関係者はこれ以外の名称を断固として拒否している風さえあった）――もちろん読者の中には「テロメラーゼ臓器やヒュギエイア臓器はどうした」と言う人々もいるでしょう。

ですがここで「テロメラーゼ臓器」などと書こうものなら、〝まるで新臓器がテロメア修復しか行わないとか、新臓器そのものがテロメアでできているという訳の分からない理解の仕方をされてしまうからやめて欲しい〟といった苦情が多数の医療機関から寄せられることは火を見るよりも明らかなのです。彼らはただでさえ「テロメアとは何か」を妊婦たちに理解してもらうことに疲れ果てている。「テロメア万能論」をぶちあげたマスコミに憎悪すら抱いている。そんなわけで「テロメラーゼ臓器」は全世界公認で没を食らったわけです。（しかし「第十三臓器」も、世界的に「十三」を不吉な数とする人々が大勢いるわけで、そんな名称で新臓器の説明を受けた一部地域の妊婦たちが過剰に反応してしまったのも分かりますけれど）

また「ヒュギエイア臓器」は、〝読みにくい〟の一言で長生子計画の初期から読者に大不評でした。しかももとの「ヒュギエイア」が、北の辺土に住まう、神話上の不老不死の人々という、なんだか迫害されたか隔離されたかしたようなイメージを増長させるということで、長生子計画庁から全出版社に〝使うな〟とはっきりお達しが来てしまったのです。僕のような男性のもの書きとしては悪くないと思うのですがね。しかしまあ、世界的な「南北経済格差」の問題はおおむね解決の傾向にあるとはいえ、まだまだ火種がくすぶっています。そんなところへ、まるで〝地球の北側の国でしか長生子計画が推進されない〟なんていうイメージをまき散らすのは、確かによろしくない。というより、ここまで書いて思いましたが、ちょっとこれは最悪かもしれない。

そうした議論は今後とも続くでしょうが、何はともあれWHOが発表した新臓器の〝正式名称〟は（じゃじゃーん！）――なんと「燦臓《さんぞう》（SUNNER）」でした。

抗加齢もメトセラも第十三という不吉な数字も綺麗さっぱり消えていて、それどころか体の中に太陽（SUN）を抱くという、この地球において最も「永久かつ不可欠」なイメージを持ってきたわけです。僕などは素直に上手いと思います。そもそもこれは、新臓器が体内で最も熱を発する臓器となる（肝臓よりも）からだそうで、〝熱といえば太陽だ〟とインド系の医師たちが提案していたそうです。好きですね、そのシンプルさ。またそれを「燦《サン》」と訳す東アジア系の医師たちも良い感性をしていると思いました。なんて言ってるうちに、数年後には予想もしない理由で別の名称にすり替わってしまう可能性もありますが。

かくしてAAI／LAI技術の普及のもと、人の手によって創り出された「人体内の第二の太陽」こと「燦臓」遺伝子をもって無事に誕生した児童は、現在およそ百十八万人。来年はその数がいきなり七倍になる見通しだとか。しかも出生異常は僅《わず》かに〇・〇〇二％で、全ての異常が誕生後に治療可能なものばかり。治療不能者はゼロ。きわめて少数の長生児童が軽度障害を持ってはいるものの、今後、生育中に自然治癒されるとのことです。

そして何よりの衝撃的ニュースは——死産がゼロであるということ。かつてこの地球上で、二年と十ヶ月もの期間、死産が完璧に防がれたことがあったでしょうか。これはもちろん人類史上、初めてのことであり、そしておそらくは、地球に生命が誕生して以来、かつてなかったことでしょう。死産が全くない出生——WHOの発表を信じる限り——ついに人類はこの地球上で最初に「誕生における死」を克服した生命となったのだと言えます。

一方、確かにこれは生命の摂理からの逸脱です。欧州共同体の環境省が出した声明にあるように、「自然からの卒業」であるのでしょう。それを、いまだ異常であり不気味ですらあるとみなす人々もいますが、しかし単純に、全世界の母親にとってはこの上なく安心をもたらしてくれる数値であるのです。

なお、うちの子供も、あっという間に三歳。すくすくと育っております。この子が、現代医学でも治療できない未知の病疫や不慮の事故に見舞われない限り、最低でも三百年は生きるのかと思うと、いまだに夫婦の間で、それをどう受け止めるべきか結論のない議論を続けています。それについては来年連載予定の『メトセラ育児日記』にて詳しく書かせていただくつもりです。どうぞよろしく。さて——ずいぶん前置きが長くなりましたが——ここからが本文です。」

本日の株の値動きです。石油系リサイクル企業と一部の玩具会社が異常なほどの伸びを見せています——。

このニュースを見て、思わず自分の妻の顔を見てしまう夫は大勢いるだろう。かく言う僕もその一人である。というのも、妊娠二十六週目に入った我が嫁が、またもやプラスチックの夢を見るようになってしまったからだ。

そしてこういうとき、ついつい男の性分なのか我が性格ゆえか、今起こっていることがどんなものであるかということを、何がそれを引き起こしたかを考えることで解明しようとしてしまう。つまり、なんでそうなったのか、はっきりさせることで次の勃発を防ぎたいわけである。

きっかけの一つとして明白なのは、例の、市役所から毎週送られてくる「長生子計画報告書と説明会のご案内」に書かれていた、ワイズマン博士の講演会である。小柄で誠実そうな風貌、いかにも学者然としたアゴヒゲと眼鏡（そしておそらく何より賢者《ワイズマン》という彼が祖母から受け継いだ名前のせいで）、近頃すっかり人気者となったあの人が、なんと我らが街を訪れたのだ。そしてあの「号泣」をぶっ放してくれたわけである。

ニュースでは何度かお目にかかったが、本当にやるとは思わなかった、と講演後に嫁が目をまん丸にしていた。講演の最中、誰もが博士からそんな気配は感じられずにいたはずだ。その証拠に、博士があの「ブワー」というか、「ギュッワァー」みたいな叫びを上げたとき、僕ら夫婦もそうだが、観衆の大半が腰を浮かしてのけぞったものだ。

その「号泣」が出たのは、博士が「ヘイフリックの限界」を語っている最中でのことで、細胞は分裂する回数が限られており、この限界をむかえたとき細胞は寿命を迎え、ある種の自殺をする――だが今や医学は、科学は、人の知性は、このヘイフリックの限界を超えることに成功したのです、ギュッワァー！　カーアアアアル‼――という次第である。

ご存じの方も多いと思うが、カールとは博士の亡き息子さんのことだ。カールはティーンエイジャーの頃から老化症を患《わずら》い、まさに異常なほど早く進行したヘイフリックの限界によって、成人する頃には誰もが八十過ぎの老人と思うような姿になっていた。そしてその外見に注がれる世間の眼差《まなざ》しに心を病み、老化抑制のための薬品（アフリカ系カルテルがいまだに闇で売りまくっている、バイアグラをはじめとする違法で人体に有害な偽薬品がふくまれていた）を一度に大量に摂取し、「ある種の自殺」をした。

その慟哭が博士をしてヘイフリックの限界の克服という人類の夢に邁進《まいしん》させたわけだが――講演では、博士が実験のため息子の遺体を十八ヶ月間にわたって保存し、その体細胞を片っ端から癌化させた上で、息子が飼っていた三頭の雌犬を人工授精させ、胎内の子犬たちに息子の癌化した遺伝子の注挿《インジェクション》を施しまくったというくだりになるや否や、どうやら袖で控えていたらしい厚労省の人々がわらわらと現れて博士を連れ去ってしまった。

これが嫁が「プラスチックの夢」をまたもや見るようになったきっかけの一つであろうと思われるのである。とはいえ引き金であったとしても原因そのものだとは断定できない。何しろ博士が先述の許可無き実験の罪を咎《とが》められて一年半ほど服役していたらしいということを、講演前に嫁本人から聞いていたのだから。ちなみに講演後、嫁は数人の妊婦仲間とともに博士の「号泣」にもらい泣きをしていた。妊婦の情動は大いに変化しやすいものであるが、男どもが呆気《あっけ》に取られるほど、彼女たちはおおむね博士の味方だ。おそらく次の講演でも同じように博士の絶叫を聞くことができるだろう。男はくれぐれも伴侶に博士の悪口を言ってはならない。その日の全ての予定が不機嫌な妊婦の発する放電現象によって壊滅的キャンセルを余儀なくされること請け合いである。

さて、第二のきっかけは、講演ののち、我らが愛の巣である公団住宅に帰宅し、十一階南東向きの素敵なバルコニーにて洗濯物を取り込んでいる最中、我が家庭内職務の一つであった植木の水やりがおろそかになっていたことが判明した件である。

七つの観葉植物はそれでも逞《たくま》しく生存し続けていたが、八つ目の小柄なアイヴィーの鉢がカラカラに乾燥しており、ついでに大いに葉を茂らせるはずだった小さな枝葉も全て茶褐色のドライプラントと化していた。なお、このアイヴィーは、環境省によって制限された第三世代自動車の登録抽選会にて、僕が見事、日中の運転許可証を獲得したことを祝って、嫁が楽天の通販で購入したものである。近頃ではすっかり世のドライバーは日中と夜間とに振り分けられることが当然となったが、今でも「昼のドライバー」であることだけで家族からはヒーロー扱いしてもらえる。それにしても、「せっかく」日中の運転許可証があるのだからと外出をせがまれるのだからして、かえって交通量が多くなるのではないかと思うのだが——交通工学や渋滞学の教授たちは一向《いっこう》にそのことについて言及しないのはどういうわけだろうか。

さておき僅かな期間で変わり果てた姿となったお祝い用アイヴィーであったが、嫁の不機嫌度はそれほど恐ろしいものではなかったものの、別の意味でどきっとさせられた。

「やっぱり枯れたほうが正しいのかな」

と嫁が呟きをもらしたのである。これはまさしく、市役所が配布する「長生子計画における妊婦の傾向」の、「生と死に対する過剰反応と、長生への抵抗」に当てはまるのではないか。そう思ってはらはらした。

「『枯』れるって、木が古くなるって書くんだ」

枯れ果てたアイヴィーをわざわざ食卓に持ってきて眺めながら、そんなことまで言う。実によろしくない「反応」だ。こうしたちょっとした呟きこそが、いまだに長生子計画の本質的な問題の一つであり続けている、「イメージの良し悪し」の爆発を引き起こす雷管なのだ。というわけで僕などはこういうとき、

「そういえば『若』いは、草の下に右って書くなあ」

などと意味のない、明らかに無駄っぽい方向へ話題を引っ張ることに必死である。だがその程度で済むなら、WHOがわざわざ正式名称を定めるのに五年以上もかけはしない。

果たしてその晩は、「長生子は幸せか」、「最低でも三百年も生きるのは楽しいのか」という、議論とも呼べないような、およそ結論のない話を延々とすることになった。

そして見事なまでに、その晩、嫁はプラスチックの夢を見た。

夢で、嫁はまだ見ぬ幼い子供（嫁が言うにはなかなか美形の息子らしい）とともに児童公園に遊びに行く。出入り口の門は全てプラスチックでできており、土や木も本物だ

と思っていたら、おそろしく精巧なプラスチック製品だ。砂場の一粒一粒がプラスチックであり、気づけば自分の着ている服も、バッグも、靴も、きゅっきゅっとこすれて軋《きし》むような音を立てるプラスチックに変貌していた。さらには、売店で買った炭火焼きウィンナーとそのタレやマスタードや串もプラスチックであり、そしてとどめは、嫁と一緒にプラスチックのベンチに座る子供もまた、よくよく見ればこの上なく精巧な――

と、そういう夢である。ここまで来ると軽くホラーである。だが嫁は、これを悪夢としてとらえることを執拗に拒んでいる。カウンセリングの必要性を認めたことなど一度たりとてなく、むしろ妊婦に共通する様々な悩みの一つだととらえているようだった。

確かに、妊婦の心得についてありとあらゆることを網羅せねば気が済まない、多くの雑誌や本でよく見る「妊婦の悩みベスト」には、頭痛、腰痛、吐き気、便秘、乳首が大きくなること、といった項目を飛び越えて、しばしば「夢」が上位に来る。胎内で子供が成長するに従って体調が乱れがちになり、ひいては眠りが浅くなって、日頃の不安や苛立《いらだ》ちが、まともに夢となってあらわれるのだという。

だがこの「プラスチックの夢」が、「旦那と離れて独りで暮らさないといけなくなる夢」といった通常の不安を反映したものとは画然と違うのは、一つに、あの「言葉のイメージに対する敏感さ」が爆発するきっかけであるということだ。

特に嫁の攻撃対象は、長生子計画そのものであるＡＡＩに非常に多く向けられる。母親の胎内にいる間に、胎児に抗加齢臓器の形成遺伝子を注挿する技術を、「なぜ」、ＡＩ＝アンチエイジング・インジェクションなどと呼ばなければいけないんだろう、と。だいたい「アンチ」という言葉の響きがよろしくない。何か悪いことをしてるみたいではないか。そうでなければ、何かを無理やり否定しているような、自然の流れに逆らっているような、とっても不自然なことをしているような気分になる――というのである。

ついでに「抗加齢」も嫌だ。「加齢」というと加齢臭を連想するし、なんだか腐臭とか悪臭とかそんなのも連想させられる。ただでさえ、つわりのせいで色んな臭いに「うえっ」と来るのに、なんでそんな単語を毎週毎週、妊娠講習で見せられなければならないのか。

と、こんな具合である。ことほどさように言葉によるイメージを――もっと言えば安心感を求めているのかと、びっくりさせられてしまう。確かに、ただでさえ妊婦は、胎児という底知れないブラックボックスを胎内に抱えなければならないわけで、そこに加えて、「本来は人体にない、寿命を延ばすための新しい臓器を生み出す遺伝子」を、胎児に注挿されるわけである。

「本当、痛いんだからね、あれ。お腹に穴あけるんだよ？　刺すんだよ？」

もちろん妊婦が望めば無痛処置も可能なのだが、昨今ではかえって、無痛処置や、無痛分娩そのものを望む母親の方が少なくなってきたという。人間は痛みによって最も物事を強く実感するのだから、これはつまり、それほど母親たちに「長生子」というものへの実感がないのだということになる。

だからこそむしろ言葉のイメージに対する反応が強くなるのだろう。それが彼女たちが抱くことのできる最初の実感なのだ。

たとえば「不老不死」――これはもう明らかにダメで、どんな講演でもお役所の書類でもこの四文字は最初から見たことがない。というのも、嫁が言うには「不」は問答無用で「不妊」を連想させる。その一言が驚くほど多数の妊婦に、「嫌な気分」をフラッシュバックさせる。僕など、どんな気分かお前に想像できるか、と嫁に叱られたことすらある。妊婦の中にはそのような悩みを持たなかった方々もいるとは思うが、「不」はそもそも「アンチ」と同じくらい「不自然」なイメージをもたらすらしく、「長生子」という単語は日々目にすれど、いっときマスメディアで取り沙汰された「不老世代」という単語は、今や影も形もない。

逆に驚いたのが、「デザイン・ベビー」という言葉のウケの良さである。もとは生まれてくる子供の性別ばかりか、目や肌や髪の色、将来の身長や、性格的傾向にいたるまで胎児の段階でデザインしてしまおうという考えで、嫁からするとこちらの方が「良い」らしい。確かに長生子は寿命操作という点でデザイン・ベビーの一種と言えるが、僕などは子供を自分たちの好みに従って自由に作り替える親には、けっこうぞっとさせられる。

しかし結局のところ子供は環境に従って成長するわけで、せっかく美男美女にデザインした子供たちも、以前ニュースになった自体憎悪症（アプテムノフィリア）にでもかかったら台無しである。自分が置かれた環境に対する憎しみが自分の肉体へと向かい、自分の目を潰して義眼に変えたり、自ら手足を腐敗させたり切断したりして、ごつごつした電動義肢の方を愛する子供たちというのは、これから親になる身としては、見ていていたたまれなくなる。

それはそうとAAI――アンチエイジング・インジェクションである。今のところ、この言葉だけは避けられない。避けようがない。何しろうちの近所では、産婦人科の案内表示からして「AAI処置区画」なのだ。定期検診で病院を訪れた際、嫁がこの表示をじっと見ていたりしたときなどは、その晩は大議論の勃発になる。

果たして長生子は、自然の帰結なのだろうか。かつてイタリア半島で発見された「不死生物」たるベニクラゲは、細胞分裂の回数を定める末端核酸であるテロメアを、テロメラーゼ酵素によって復活させることで、年をとっては自ら若返るということを繰り返す。ではなぜ彼らはそんな異能力を手に入れたのか。それは彼らが「最弱」の生物だからだ。周りは天敵だらけ、環境の変化にも弱い、運動能力も思考能力もほとんどない、そのためどんどん餌にされて個体数が減り、せめて寿命を延ばして自然死を免れることでしか種を保存できなかったのだ。なのになぜ地球上で「最強」の生物である人類がその力を手に入れてしまえるのか――。

　本当にベニクラゲがそのような理由でテロメラーゼ酵素を手に入れたのかいまだ疑問の余地はあるものの、要するに、長生子計画は冒瀆ではないのかと言うのである。これはまったく結論が出ない。全て人の主観でしかないからだ。

　人間だって自然の一部であり、自然が生み出した存在なのである。自己進化は決して神や生命への冒瀆ではなく、どんな生命も独自の能力を駆使して進化しようとしている。日本的に言うなら「聖域無き進化」こそ真の進化であろう――といったエクスキューズは、今では大いに世に流布《るふ》している。厚労省がそうさせているし、ＷＨＯも長生子推進に乗り出して久しいし、世界市民の大勢が長生子を望んでいる。

　嫁も、長生子が本当に大自然に対して卑小な人間が企てた大変な冒瀆だという考えなど抱いてはいない。アメリカ地方では、ＡＡＩを受けた妊婦が、お定まりの馬鹿げた悲劇の標的となっているというニュースをときおり目にするが、そんなとき嫁は「アメリカって、ほんとド田舎なんだねえ」と一蹴してしまう。アメリカ地方で根強い原理主義者たちの主張など、はなから興味がないのである。

だがそれでも「アンチエイジング」――「抗加齢」という言葉には夫が絶句するような拒絶反応を多くの妊婦が示してみせる。何かに逆らっているという意識を持ちながら子供を生まなければならないのか、と悲壮な感じで話されるときもある。

そういうとき、僕はあんまり深くその話題に引き込まれないよう、とにかく頑張っている。僕の予想では近いうちに「アンチエイジング」に代わる言葉が発明され、意図的に世に流布され、妊婦たちの不安を和《やわ》らげるだろう。要はそのときまでラクダのごとく砂の中に頭を突っ込んでいるべし、だ。

しかしそうも言っていられないのがプラスチックで、これについては無理やり砂から引っ張り出されて大いに嫁に付き合い、どんどこどんどこ背に荷を積まれるしかない。

ダウンロード・ランキングで『アフターワールド』や『ディザスター／悪夢のシナリオ』や『地球最後の人類』がぶっちぎりのトップを占めるようになった頃から、あるいはプラスチックの夢は始まっていたのだろう。

とにかくＡＡＩを受けた妊婦たちの主流的傾向は、「滅びゆく人類社会」への絶大な興味だ。ネットドラマも携帯ドラマも、何かというと「地球最後の主婦モノ」をやる。携帯電話を食卓に置いて番茶をすすりながら、ウイルスで人類が死滅したり異次元から現れたミステリーサークルによって人間が次々に消えていくといったドラマを午後一時から二時、ともすると三時半くらいまで延々と見ている妊婦というのは、正直、怖い印象がある。

だが嫁をはじめとして、彼女たちはただひたすら探しているのだ。

滅びゆく世界で、永遠に残るものがなんであるか見定めようとしているのだ。

自分たちはもういない世界。だが自分の子供たちは生き続けるそこで、母親として残せる物理的で物体的な手段は何であるのか。

電子媒体？　五百年間も保存できる電子情報など存在しないし、誰かが複製することをやめればその時点で終わりである。だったら紙の方がまだましだろう。光学式映像メディアも同じ。石や鉄やコンクリートだっていったいどれほどの間、形状を保てるだろうか。

保管に苦労せず、人間が製造したものがたまたま後世に残される確率は驚くほど低い。どれほど堅固な建築物であろうと放っておかれればその寿命は平均して二百年が限界だ。

石造りの城砦でさえ――というかエッフェル塔ですら、何の手入れもされないまま放置されれば、早くて百五十年ほどで朽ち果て、倒壊し、錆び果てた鉄のかけらと化して、もとは何であったか、それ自身が語るすべは一つ残らず失われてしまうのだ。

なぜこんなことに詳しいのかというと、要は、嫁がそういうDVDを見るつど、まとまりのない感想とともに、そんな知識を吹き込まれているわけだが、最近ではどんな「地球最後の主婦のドラマ」でも、最後はプラスチックで終わるオチになっている。ドラマ制作者たちが仕掛けた商売上の戦略というよりも、純然たるニーズによって。

もし地球上から人間がいなくなり、うちの近所の国連ビルが自然の力によって植木の肥料なみに砕け散ったとしても――プラスチックのオモチャだけは千年単位で残り続ける。世界中の原子炉の核廃棄物が自己発火して世界中に放射能をまき散らしたとしても、地球の再生能力はそれを二百年足らずで無に帰してしまう。

しかしそれでもプラスチックのオモチャは残る。

特に幼い子供用のオモチャとして製造された軽リサイクル系製品は。その形状を、色を、表情を保ち続ける。風呂の湯に浮かぶアヒルの親子たち。カエルの顔を持った緑色の小さなジョウロ。飛ばない飛行機のオモチャ。電子装置など何もないどころか車輪すら回転しないプラスチックのパトカー。アルファベットの形を模したブロック玩具。プラスチックのおままごとセット。

そんな次第で、ほぼ毎週末、仕事帰りに嫁の玩具探しに付き合うのは、この頃の夫というラクダの主要な仕事と化している。どんなに辟易《へきえき》していても、これだけは逃げようがないし、逃げてはいけないのかもしれない。

何も生まれた子供が即座に欲しがるようなものを、一生の宝物として保存してもらうことを望む必要はないのだ。子供がもっと物心ついてからでもいいし、自分たちが本当に老衰にさしかかったときに改めて考えてもいい。というよりも、これだけニーズが膨れあがっているのだから、いずれあらゆる企業が、永久保存可能とかなんとか言って売り出す、お母さん向けメモリアル・グッズが大量に販売されるに決まっている。いや、もうすでに携帯ショッピングで謳われているではないか。あちらのプラスチック飾り枠とこちらのプラスチック写真の五百枚組セットで、なんとたったの九百八十ユーロ円——

だがそれでも嫁は子供向けオモチャの列へ足を運ぶ。多くの妊婦たちがそこへ集い、辟易した表情を隠すので必死のラクダたちを連れ歩く。

他の妊婦たちと同じく、嫁がオモチャを選ぶ表情はいつだって真剣だ。いや、彼女が生きている限り真剣であり続けるのだと思わされる。それはちょっぴり、背筋が寒くなる確信だ。何かに呪縛されてしまった女性の顔を、今後、こちらかあちらかが死ぬまで見続けることになるのだから。それは自分の寿命の何倍も長生きする子供を産むことを、史上初めて、一般的なこととして受け入れることを強要された母親たちの、この上なく真剣で、この上なく途方に暮れた顔だ。

今どきの母親たちはたいてい、子供を産む前から、自分の死後に不安を抱いている。自分が死んでのち、彼女らの存在を子供たちが忘れ去ってしまうのではないかと怖れているのだ。三百年も――順調にメトセラたちが長生技術を更新していけば五百年は確実で、そしてきっとその倍すら――生きるだろう子供たちの心に、果たして母親の存在は、消えずに残り続けるだろうか。

「ねえ、飽きないかな。飽きられて捨てられちゃったりしないかな。最低でも三百年だもんね。三百歳まで飽きないものって、なんなのかな」

「愛情がたっぷりこもってるってことを、きちんと教育すれば、飽きるとか飽きないとかじゃなくて、ちゃんと持ち続けてくれるんじゃないか」

そうして僕はこれまでにおよそ十万回は返したであろう決まり文句を告げ、嫁はあと少なくとも十万回は繰り返すであろう独り言を口にしながら、大きくなる一方のお腹を抱えてプラスチック製のオモチャが蝟集《いしゅう》する商品棚の迷路を歩き続ける。

「メトセラさんって九百歳まで生きたんでしょ？　九百歳かあ。そういう人たちって、思い出とか、懐かしいとか、そういう感覚あるのかなあ。逆に長生きするせいで、自然がどんどん変わるのを見たりして、思い出を大事にするようになるのかも」

などと、聖書に登場する長生者メトセラを、まるで隣の国に実在していた優しいおじさんのごとく口にし、長生子たちの心を誰よりも早く理解しようと必死に努めている。

嫁の後について オモチャの群れの中をさまよう僕や、妊婦たちに引き回されるラクダたちもみな、苦笑混じりでいるものの、やはり心のどこかで彼女たちの思いに共感しているのだろう。いつでも玩具店は大賑わいで、そこかしこで夫婦の議論を聞くことができる。あのオモチャはどうだろう、これはどうだろう、とにかく沢山あったほうが良いかもしれない、逆に数が少ないほうがしっかり覚えていてくれるかもしれない——

僕も気づけばそんな話に真面目に参加している。

「どれが飽きないかなあ。三百歳だもん。どれも飽きちゃうよねえ……」

疲れたように溜め息をつく嫁を見ながら、僕は彼女のお腹の中にいる我が子のことを思うと同時に、人々が抱くこの思いの行く末をぼんやり考える。果たして僕たちが子供たちに対して抱く、この何よりも強く、何にも代えがたい愛《いと》しさは、これから生まれてくる多くのメトセラたちに伝わるだろうか。

僕たちの肉体が滅んでも失われない思いがあるのだと伝えられるだろうか。失われないということを信じたいこの気持ち——そういう心の働きは、いったいこれからどれほどの年月、人類のものであり続けるのだろう。いつか人類が永遠の長生を叶えたとき、失われることを怖れる心、彼らの母親たちの魂は、どこへゆくのだろうか。

プラスチックに不滅の愛情を託して、母親たちは今世紀最初のメトセラを生む。

OUT OF CONTROL

走っていた。

寝静まった住宅街の狭間を一人、暗澹《あんたん》たるまでに強張《こわば》る両脚に舌打ちしつつ走っていた。

その夏の晩、わたしはある種きわめて憂鬱なジョギングを行ったのであった。憂鬱と書いたが本来それは昂揚の産物である。わたしは作家で、そしてその晩は痛烈に追い込まれていた。我が精神を構成する機体の両翼に無理にも揚力を与えねばならなかった。ただしそれはアイディアが湧かないとか、プロットの悪魔が訪れ、蜘蛛手《くもで》十字に広がる物語の筋から正しいものを選択することに疲れ果ててしまう、といった試練とは異なっていた。そうした苦しみよりもなお始末の悪い事態の一つに、金縛り状態というものがある。意識はあるのに指一つ動かせないのとまったく同じように、脳裏では何をどう書くべきかが一秒ごとに明確になる上、大量発生した原始の葉緑素によって超古代の大海の底から全地球規模で酸素が供給されるがごとくに、おびただしい数の言葉が湧き出すのだ。

にもかかわらず。

「死んだほうがいい」

ほとんど声にもならない声でそう囁くだけで一語も現実に記せず／書けず／表せず。さながら高高度で突如として推進力を失ったジェット機――万全の備え／にもかかわらず――無力で／危機的で／しかも／さらに／ありきたりに見えると同時に常に前例なし。

というのも――ある暗黙の了解＝作家の伝統的＋現代的な態度。

〝前提が違えば状況の意味は大いに異なる〟――苦しみは千差万別であるという以上に。

前提のない物語は存在せず／物語が前提を拒否すればもはや物語にあらず／前提の差異がもたらす意味の差異の究極的前提――要するに＝わたしが次の一文で超自然的な偶然により突発的に別人に置き換えられ、何食わぬ顔で引き続き〝わたし〟であってはならない。

そういう自我原理の物語を創作する尖兵たらんとするとき、わたしはますますわたしであらねばならない――それゆえ危機と和解してはならない／それはどんなものであれ決して他者と共有しえない／それほど特殊であらねばならない——という態度に自らを監禁。

ゆえに執筆の昂揚はいや増す——ゆえに我が身はますます不可視の緊縛状態へ傾斜す。

とはいえ。

現実の彼我《ひが》の差異はたかが知れている。それどころか意図されぬ共通了解の数々によって——たとえば同じ言語を使うだけで——わたしはまたたく間に同族集団の一部と化す。自我原理と集団現実の単純な様式の問題として。たとえば多くの作家と同じく、わたしもまた苦しみにおいて個人となり、悦びにおいて集団となることを選ぶ。それを孤独と呼ぶむきもあるが、その逆を求める社会の恐ろしさの方が、よっぽど身の毛がよだつ。苦痛によって群をなすなど、糞便の海で土下座をしてでも御免こうむりたい。悦びにおいて個人になるなど、わたしのような創造性豊かな人間は何をしでかすかわからない。

よって孤独な苦痛のひとときを無事に通過し、再び安らかな集団現実の場へと帰還することを前提として、わたしはジョギングを行ったわけである。ジョギングはいい。実に最適だ。精神的プレッシャーによる負の感情の大半は、肉体的な実行によってのみ客観的になることを、わたしのような種族は知悉《ちしつ》している。まず肉体の存在を己自身に知らしめるのを好むのだ。精神と肉体は不可分であり、鬱病の中には脳ではなく胃の薬によっても治療されうるものがあるとわたしは信じる。なんとなれば人間の胃酸過多の発祥は、重圧を与える相手を食い尽くしてやろうとする肉体の意志に違いないからだ。そんな発想をする人間はくれぐれも悦びにおいて個人になるべきではない。

かくして。

出発前に決めたノルマの半分にも満たない地点／涼やかな風に恵まれた夏の夜／だが／にもかかわらず——早くも炎天下の犬のようにぜいぜい喘いで坂を走破——速度低下。汗みずく——履き古したスニーカー／迷彩柄の半ズボン／（褪《あ》せた水色をした夏用メッシュ仕様のトランクス）／ラッキーカラーと信じて疑わないオレンジ色のTシャツ姿。シャツには黒字のアルファベット×約六十文字の乱れ撃ちプリント——かろうじて意味をなすのは約六分の一——『GOOD TO START』＝シャツを着る動機には十分。

〝旧い世界は終わり、新しい世界は生まれる力を持たない〟

確か『ウィーヴ・ワールド』で——スカトロ好きのホラー作家が書いた絨毯についての物語で——知った一節を最新の〆切り道路交通状況に照合——もてあそぶ。

引き攣る足にいっそう力を込める——ホームグラウンドたる丘の上の住宅地の外れが到来＝正面に真っ暗な雑木林——走ってきた車道の続きが木々の間で右へ大きくカーブ。

丘のふもとへ通じる道——だが今は異様な暗黒世界へ落下するように見える。

左手――不安定に明滅する街灯／埃だらけの自動販売機／灯りのない一件の家屋。先の車道に沿って丘を下り続ければコンビニエンスストアに到達――そこがジョギングの折り返し地点となる予定――仮定。

足を緩める／歩く――明滅する街灯の下＝自動販売機へ。

胸から喉にかけて焼けるような熱／痛いほど強張る足／激しく動悸を打つ心臓――どれもが、これ以上進み続けることへの不満／警告を発信――どっちでもやぶさかではなし。

自動販売機の広告スペースにおびただしい落書き――その一つ＝『NOWHERE』の文字。

そのカラフルな文字を眺めながら迷彩柄の短パンのポケットから小銭を取り出す――コンビニエンスストアで使う予定だった百五十円。

そして。

わたしは出発前の憂鬱にまつわる暫定の協定とも呼ぶべきものが精神と肉体との間で結ばれるのを覚えた。今しも肉離れを起こさんとする両脚部の悲鳴と（実際に起こしたときのためにと妻に持たされた携帯電話がチャック付き尻ポケットに入っていた）、その痛みが現実のものとなる予感に比べるに、いかに現代的な作家の金縛り現象も些細な問題と云わざるを得ない。それは一先《ひとま》ず肉体的な発憤の端緒を得た。此所《ここ》で麗しい水分を補給するとともに家宅へ引き返すむねを我が身に告げたところ全会一致の受諾をみたのであった。

「なーんか世界とか救いてぇ——……」

わたしは満足《ゲット》のあまり実際《リアル》にその行為《アクト》に着手《ムーブ》したいほどだった。できればここでくわえたショートホープに着火《フレア》したいところだがジョギング《ジギー》にふさわしくない日用品《ガーベジ》は置いて《ビハインド》きていた。ふとまた落書き《ウォールワード》を見ると、それが角度《パス》によっては『NOW HERE』と読める《トーク》ことを発見《シー》し、わたしは笑み《シャイン》を浮か《フロー》べた。厄介《マス》な自意識《パーソナル》が宇宙的《ノーヴァ》に広《ワイド》がって雲散霧消《フェードアウト》する瞬間《パス》を快く味わい《スイートハート》ながら小銭《ニッケル》を自動販売機《ドリンク・スロット》に放り込ん《シュート》だとき。

にわかにそれが現れていた。

真っ黒い大きな何かが、車道から外れた草むらの中から、わたしを見ていたのである。咄嗟《とっさ》に正体のわからぬ存在でありながら、確かにそれはわたしを凝視していた。あまりのことに、わたしは悲鳴を上げて後ずさった。驚愕から激しい動悸を感じた頃、やっとわたしはそれが黒い犬であることを理解した。と言っても一ミリとして動かぬ犬である。つややかな光沢のある、実物大のラブラドールの形をした、おそらく陶製であろう大きな置物であった。風雨のせいか誰かにいたずらされたか陶製の両目だけ変色して瞳が失われ、白目を剝いたような、異様に光を反射する双眸《そうぼう》を、わたしに向けているのである。

小銭を放り込まれた自動販売機が、気前の良い客のため、よりよく商品を見せてやろうと灯りを強めたことで、それまで暗闇にまぎれていた犬が現れたというわけだった。わたしは苦笑して胸をなで下ろしたが、完全には犬から目を逸らすことができない自分に気づいていた。埃をかぶった自動販売機のボタンの一つを選んで押し、蜘蛛の巣だらけの商品取り出し口にガタンゴトンと音を立ててミネラルウォーターのペットボトルが落ちる間ずっと視界の端に犬の置物をとどめようとした。もし視線を外したら――その犬は気づかぬうちに草むらから道路へ出て、再び目にしたときにはもうわたしのすぐそばにまで迫って隠された陶製の牙を剝いているだろう、という馬鹿げた空想を抱いたからであった。

おかげでわたしは犬の向こうにある、かつては立派だったであろうコンクリート製の家屋の詳細を目の当たりにしていた。犬が座っているのは、かつてその家の前庭だった場所で、すぐ脇を洒落《しゃれ》た車回しのアスファルトがカーブを描いており、その先の、シャッターが崩れ落ちた車庫には何色とも知れぬ朽ち果てたBMWが放置されている。壁面は塗装が剝がれ、全身かさぶただらけの死体を――そんなもの見たこともないが――連想させた。

窓ガラスは一つ残らず砕けてただの穴と化し、一階の腐ったウッドデッキの出入り口からリビングのテーブルが見えた。玄関のドアは蝶番《ちょうつがい》ごと外されて――ドアは庭の一角で横たわっていた——なんとなく赤っぽい、幼い女の子が履くような子供用の靴が片方、虚《うつ》ろな玄関口のそばに落ちている。

わたしは、朽ちた家で帰らぬ家族を待ち続ける、瞳のない黒い犬に微笑みかけ——そうすることで、わたし自身が生み出した恐怖との和解に努めながら、ペットボトルを取り出そうとした。だがその瞬間、わたしはまたもや悲鳴を上げて跳びすさった。手の甲を、いきなり何者かが触れたのである。まるで愛撫するように。わたしは握りしめたペットボトルを目に見えぬ何者かに投げつけようとする姿勢で固まっていた。やがて商品取り出し口の汚れたカバーの隙間から、信じがたい大きさのムカデが這い出してきた。ムカデは長々とその胴体をわたしの目にさらし、嫌悪をもよおす優雅な所作で無数の脚をうごめかせて自動販売機の下へ消えていった。わたしは胸がむかつくあまり本当にペットボトルを投げかけたが、もし命中したときの相手の惨状を思ってやめた。今後しばらくの間、何かを飲むたびに先方のたおやかな触手を連想する羽目になるのは御免だった。

わたしは今では夜の路上での孤独に憂鬱を覚えていた。自分を落ち着かせるため、たっぷり水を飲んだ——犬は己の領土から一歩も動かなかったが、相変わらず瞳のない白い目でこちらを見ていた。水を飲みつつ帰路へ顔を向けたとき、ふと別の視線——

廃墟の二階の窓の一つ。

誰かがこちらを見ていた。

少女とおぼしき影。白い輪郭。わたしの頭は、みたび馬鹿げた解釈により肉体に過度の緊張を命じた。わたしは恐怖のあまり目を剝き、ペットボトルの飲み口を嚙みしめていた。

やがて訪れる理解。

もちろんそれは廃墟ではなかった。わたしが通り過ぎてきた家々の一つ――帰路へ顔を向けたのだから当然だ。二階であることは同じである。ただし少女ではなく寝間着姿の中年の女だった。いつの間にか雨戸を開け、無表情にこちらを見下ろしていた。わたしの悲鳴で安眠を妨害されたのだろう。犬の置物さながら一向に視線を外そうとしない。

不審者が廃墟で騒いでいるなどと通報されぬよう、早々にペットボトルの蓋を閉めた。

そしてわざとらしくその場で屈伸運動をした。いかにもランナーらしく見せることに努めた。それからペットボトルを片手に再び走り出そうとした――本音を言うなら歩きたかった――が、ふいに風が湿り気を運んできた。かと思うと、周囲のアスファルトで水滴が跳ねる音がした。蒸れて埃っぽいにおいが鼻をついた。

あっという間に激しい雨が降り注いできた。

脳裏では言い訳がましい記憶が――出発時に見た星空がよみがえった。

この一足早い――我が家に帰り着いてまず最初にすることとして楽しみにしていた――冷たいシャワーを罵った。次の刹那《せつな》、自分がどんな言葉を吐いたかも思い出せないほどの驚愕に襲われた。とてつもない落雷の轟音が背後で起こった。咄嗟に我が身にその災厄が降りかかったかと思われた。それほどの爆音だった。一瞬で辺りが白い閃光に包まれた。ついで凄まじい勢いで何かが燃える音が強烈に耳を打った。呆然と振り返ると、林で木の一つが炎に包まれていた。土砂降りの雨の中、生木が松明《たいまつ》と化したのである。その光景は、それまで経験してきたあらゆる厄介ごとにも増して、わたしの正気を激しく動揺させた。

次の閃光が走った。

わたしは絶叫した。無我夢中で駆けた。雷撃で真っ黒になる我が身が克明に想像された。わたしの足が黒い犬のそばの雑草を踏んだ。アスファルトの車回しを蹴った。そうしてまっすぐ廃墟の玄関口へ向かっていた。そこは今や、益体《やくたい》もない恐怖心が次々に孵化する場所ではなくなっていた。天からの無差別攻撃から守ってくれる、ゆいいつの場所だった。

遅れて雷鳴が轟いた。

そのときわたしは先ほど見た小さな靴のある所に来ていた。それは近くで見ると黒ずんだピンク色をしていた。そのまま玄関へ一歩入った。そこでわたしは凍りついていた。

玄関には靴が散乱していた。全て子供用の靴である。腐った靴棚にも小さな靴がばらまかれるように置いてあった。おびただしい数の汚れた子供の靴。わたしは思わず、ハッピーバースデー、という言葉を連想した。この家で暮らす子供の誕生会。そのため今まさに沢山の子供たちが集まっている。その想像は不気味だった。廃墟のバースデーパーティ。

激しい恐怖が襲ってきた。玄関を上がってすぐの階段。奥へ続く一階の廊下。右手のリビングへ続いているらしい暗闇。電流でも流されたかのように全身が総毛立った。実際、頭の髪が逆立つのを生まれて初めて感じた。暗闇から靴の持ち主たちが現れ、お目にかかりたくもない恐ろしい顔を覗かせるのではないかと思った。当然それ以上、先に進めなくなってしまった。そこは安全地帯ではあったが、再び恐怖の孵化場と化していた。

わたしは後ずさった。なるべく玄関の内部が見えない位置に移動した。耐えがたいほど冷たい風が吹きつけてきていた。それでも室内に入りたいとは思わなかった。

とてつもない雨だった。玄関のひさしから雪崩《なだ》れ落ちる水の音で耳がどうにかなりそうだ。その水量が消火にひと役買ったに違いないと思った。だが見ると木の枝の多くがいまだ火に包まれている。落雷さえなければ喜んでこの廃墟から飛び出したかった。家まで走って帰りたかった。わたしは早々に白旗を揚げることにした。尻ポケットに入っているはずの携帯電話で妻に連絡を取るのだ。そして車で迎えに来てもらうのである。とてつもない落雷を目の当たりにしたとはいえ、まさか車内の人間を撃ち砕くことはないだろう。

そう思ったとき。ふいに着信音が鳴り響いた。恐怖で敏感になった体がびくっと震えた。音は予想外の場所から聞こえていた。玄関の中だ。信じがたい思いで中を覗いた。いったいいつ落としたのか。子供用の靴の間に携帯電話があった。朽ちた室内で電子の光が青白く明滅していた。泣き喚《わめ》く子供を思わせる刺々《とげとげ》しい着信音が暗闇に反響した。わたしは冷たい雨と恐怖に震えながら慌てて手を伸ばした。できる限り玄関内に入らずに。周囲の靴には触れないように。この上なく注意を払って携帯電話を拾った。

埃だらけのそれを手に取った途端、かしましい着信音が切れた。

わたしは再び元の位置に戻った。そうしながら大急ぎでリダイアルをしようとした。たった今かけてきた相手が自分の妻であることは毛ほども疑わなかった。だがその直前にまた別の着信音がきた。忌《い》ま忌《い》ましいほど賑やかにメールが受信された。わたしはまずメールを開いた。それもまた妻からのものであることは疑いようがなかった。何しろ携帯電話を持って出るよう言いつけた張本人である。短パンとTシャツ姿で夜の雷雨に見舞われた夫を案じているはずだ。そう考えるのは至って自然だった。メールにはこうあった。

（件名）
まアコが今　待て　いま　す
（本文）
まアコ　お家ナケ　ナかま連れされ　早く入レ
はだか病で泣て　早く入レ　雨そカ自自に
死んだほうがいい　引キず世：界とカ救いテエえ
てて　早く入レ家に入レ家に入レ家に入レ

わたしは携帯電話を放り出した。それは雨で濡れた手にべったり埃が着くほど汚れていた。同時にわたしの尻はもう一つの携帯電話のありかを教えてくれていた。チャック付きポケットの内側に収まったままの携帯電話。わたしは玄関の中で拾ってしまったものがなんであるか考えはしなかった。自分が見たものがなんであるかは。ただ一目散にこの雷雨の下へ飛び出そうとした。一秒でも早く背後にそびえ立つ廃墟から逃げたかった。

だがその行動を遅らせた者がいた。
こちらをじっと見つめるあの中年女だ。わたしは驚いた。落雷から今まで、中年女はまったく動かなかったらしい。燃える木に驚いた様子すらなかった。ただ斜向《はす》かいの家宅の二階の窓から激しい雨のヴェール越しに白っぽい目をわたしに向けたままだった。女の目に瞳がなかったとしても、そのときのわたしは驚かなかっただろう。わたしを真に凍りつかせたのは女の仕草だった。微動だにせずわたしを見ていたかと思うと、ふいに、はっきりとうなずいてみせたのである。わたしのすぐ後ろにいる何かに向かって。
直後に衝撃――背後から。
確かに物理的な何か――とっくの昔に常態を失っていた身からさらに奪われる――視野を／意識を／現実を――その寸前――ぐいと右腕を後ろへ引っ張られたのを感じた。
途方もない力――それ以外は意識の外。
暗転――時間が消えた。
どれほどの時間が経ったのか皆目不明――ふいに再び視野を取り戻した。
薄明／雷鳴――信じがたいほど汚れた部屋が見えた――壁一面に赤い錆。
水滴の浮いたコンクリートの壁面――錆が溶けて涙の跡のように床へ雪崩れている。
錆の原因――壁に打ち込まれた無数の釘――炎暑で溶けた壁紙の糊よろしく吐き気を

催すようなオレンジと黒のまだら模様。

首をひねる＝反対側――腐った白いテーブル＝皮膚を剝がれて干からびた獣のよう――ねじれた椅子が四つ＝死んだ幼獣を思わせる――シロアリが食い尽くしたソファ／ねじ曲がったカーテンレール／床に倒れた窓枠／ひしゃげたウッドデッキ――その向こうで滝のように降り注ぐ豪雨――それら全てが真横に傾《かし》いでいるという認識／意識――誤認。

まだ立っているつもりだった――だが間もなく現実が到来／感覚が正常化。

救急隊員が使うようなストレッチャーと呼ばれる車輪つき担架に横たえられ、何本かのベルトによって肉体を固定されている自分――ありえない。

――いったい、この目の前にいる男は、誰なのだろう。

あまりに意想外な疑問が、取り戻しかけた現実感覚を再び混乱させた。

「あなたはそこにいますか？」

いきなり声――恐怖のあまり跳ね起きようとする／ストレッチャーをがちゃがちゃ鳴らせる／声は出ない――唇と頰にぴったりと貼りついて口を塞ぐ何か。

感触に覚え――セロハンテープ。

顔をぐるぐる巻きに――そればかりかストレッチャーに固定しているベルトだと思っていたものも全て濁った色をしたセロハンテープ――なんという、おびただしい束。

「心臓麻痺です」

再び声——思わずラジオのノイズを連想——ごろごろと痰を絡ませながら発する、中年の男の濁りきった声。

「あなたは死にました。あなたの父親のように。以前からそうなっていたようです」

シューシュー蒸気が噴き出す音——恐怖で目を剝き、必死に首をねじって顔を向けた。

錆びたアイロン台——ボロボロにほつれたパッチワークの上で細く節くれ立った手がアイロンをかけている／何かの皺を伸ばそうとしている／薄いゴムのマットに見えるもの——床に敷く泥よけのような何か。

「これはあなたの心臓です。これを着て四番A出口に行ってください。冷たい雨でした。死因はあなた自身です。あなたの体が心臓を止めたのです。雨が降っていると余計に喉が渇くでしょうが我慢してください。この活字野郎。家は無事に建ちましたか？」

落ち着いた様子でアイロンをかけている男——顔は見えず／白いレインコートに身を包んでいる／フードの真ん中から僅《わず》かに鼻先が黒い影のように覗いている。

ねじれたように見える手／針金のように縮れた毛の生えた足——何も履いていない／裸足で立っている——レインコート以外、何も身につけていないらしい。

「なんで生きているんだ。もうとっくの昔に死んでるはずじゃないか。生まれずに死んだ子供たちが忘却《リ》の海《ンボ》で待っているぞ」

男――いきなり喚く／ささやく／丁寧に言い聞かせるような調子で呟く――支離滅裂。

「みなさんお待ちです。先生もいます。あなたのお姉さんはここにはいません」

意味不明――わたしに姉はいない。

父が亡くなったのは事実だが自分もそうだと言われて納得できるものではなし――全力で縛《いまし》めから逃れようと激しくもがく／ストレッチャーをがたつかせる／叫ぼうとする。

こいつは廃墟に住み着いた頭のおかしな男だ――悪運／腐った家でこの男に捕まった／このままでは殺されるかもしれない――だが身を起こせず――ふいに顔に巻かれたセロハンテープがずれる／必死に唇と歯と舌で押しやる／なんとか声を出す。

「家に帰らないといけないんです」

考えて口にしたわけではない――恐怖の中で零れ出した最も自然な言葉。

「それでしたら一番出口です。所定の欄に記入してください。間もなく到着します」

男が急にアイロンがけを中止――わたしの足の方へ回る／痰を床に吐き出す／咳《せ》き込む／ストレッチャーに手をかける――おもむろに押し始める／ががら鳴る車輪／無抵抗のまま運ばれる恐怖で震えながら泣きわめいた。

「家に帰らせてください！」

「まあこさんがお待ちです。あなたのお姉さんです。犬のお名前を覚えていますか？」

「家に帰らせてください、お願いします！」

「犬のお名前もご記入をお願いします。溺れ死んだ犬です。あなたは川で見ていました」

「家に帰らせてください、お願いします。そんな犬、知りません。助けてください！」

「毛布をかけないよう、お願いします。お父さんの震えは止まりません。もう血を作れないのです。そういう時代なのです」

ストレッチャーの上でガタガタ揺れながら移動させられる――リビングから真っ暗な廊下へ／別のがらんとした部屋へ／その隣のキッチンへ。

「ときあたかも亀裂の時代」

男の厳《おごそ》かな声――ダイニングから女の声。

「まだ死にたくないわ」

反射的に声の主を見ようとした――冷蔵庫の中身が残らず腐って臭気を発するような空気に包まれた／息が詰まった／雷光が錆だらけの流しを照らした――大きな蓋付き瓶に卵や電球や黒い何かがぎっしり詰まっているのが見えた。何かを車輪で踏み砕く感触――腐臭が倍増しに／なんたる悪臭――首をねじってストレッチャーの縁から盛大に吐いた。

呼吸困難——必死に体を左右にねじってセロハンテープと格闘し、上体を僅かに起こせるようにまでなっていたが、それ以前に嘔吐による窒息を避けることに力を尽くさねばならず。

「犬を連れてゆくことなどできません。飼い主として責任を取れと言われました。所定の欄にご記入ください。犬を連れてゆくことなどできません」

男の声——意味が分からない。臭いは遠ざかったものの涙を流しながら痙攣する胃を宥《なだ》めようと必死に呼吸を繰り返す——気づけばまた廊下へ——窓から外の様子が見えた。

黒い月が、青く透明な空と海の狭間に浮かんでいる。

地中海の柔らかな風が、淡く潮の匂いを運ぶのをわたしは感じた——馬鹿な。

悲鳴を上げた——窓はすぐに見えなくなった——男はストレッチャーを寝室へ運んだ。

つけっぱなしのテレビ——明るい森の映像——その光がダブルベッドを照らしていた。

美しい歌声が、穏やかな春の陽射しに溶けてゆく映像とともに、

「こっちを向いてよ、お父さん」

ノイズだらけの電子音声がテレビのスピーカーから轟く——黴だらけのマットレスの上でうずくまり、両膝に顔を押しつけてすすり泣く少女を見た——どす黒く変色したピンクのワンピース／左足に同じ色の靴／右は裸足で泥だらけ。

まあこだ——咄嗟の直感——少女もマットレスもずぶ濡れであることが皮膚感覚に伝わる——溺れて死んだ女の子／犬と一緒に／だが筋道を立てて考える間もなく寝室を通過。嫌悪を催すほどきたならしいバスルームへ——バスタブのカーテン越しに厳かな声。

主、汚れし霊に問いたもう。

「汝の名は何か」

彼、答えていわく——

別の怒鳴り声——洗面所から。

もはや下書き《スケッチ》はいらぬ……。ただ書きあげるのみ。

歓喜を寄す人、そは雨のやまぬことを願い暗黒と奇異を愛し——

異様な騒擾《そうじょう》——だが何より家の広大さに正気を失いそうになる。

ストレッチャーは一度も行き止まりにぶつからず延々と移動し続けた——あるいは同じ場所をぐるぐる巡っているのか——いや——次々に違う部屋を横切ってゆく。

「やめろ！　止まれ！　今すぐ下ろせ！」

絶叫——相手が怯むことを心の底から期待して／ありったけの怒りをかき集めて。

相手は一向に怯まず——ふいに甲高い声を発した。

「クイズです♪　クイズです♪　こちらの人を見てください。カブトムシがいます。目は潰れてもう見えません」

わたしへの言葉ではない――頭上でいくつも気配――ストレッチャーの移動に合わせて動く沢山の足音／くすくす笑い／理解――決してお目にかかりたくないと思った子供たち。

いよいよ正気を失うだろうと擦り切れた心で確信――だが予想に反して子供たちの姿によってではなかった／ふいに頭に血が上るような感覚――下降感。

頭を下にしてストレッチャーが階段を下り始めた――まさか地下室があるとは想像もせず／精神と肉体が途方もない絶望感で撃ち砕かれる感覚／完全な暗闇へ／どんな叫びも地上に届かぬ場所へ――あらゆる希望が奪われかけた寸前――男の言葉。

「靴が足りません。どこですか。誰か、まあこさんの靴を知りませんか」

「知ってるぞ！」

なぜか声を限りに叫んでいた――一瞬でも相手の気を引くことができる手段を、わたしの頭脳が、ここに至るまで猛烈な勢いで考え出そうとし続けていたらしかった。

ストレッチャーが停止――必死に縛めから逃れようともがきながら叫び続けた。

「玄関だ。玄関の外に靴がある。わたしが拾ってやる。わたしをそこへ連れていけ！」

子供たちのとてつもない奇声――信じがたいほどの荒っぽさでストレッチャーが地下

への階段から引き上げられる／ぐるりと旋回する／猛スピードで廊下を戻ってゆく。

恐ろしい勢いで走る子供たちの足音――まるで何十人も同時に叩きまくるドラムの内側に閉じ込められた気分／やがて薄明／雷光――放り込まれかけた暗闇に比べれば光明と呼んでさしつかえないだろう玄関の様子が目に映った。雨の向こうで不安定に明滅する街灯が見えたとき――激しいストレッチャーの振動の助けを借りて左足が縛めから逃れた。

もがく／暴れる――右足も縛めから逃そうとして――左右から異様に膨らんだ小さな白っぽい手の群れ／左右から押さえにかかる／そのいくつかを強く蹴った／小さな手の群れはびくともせず――くすくす笑い／奇声／喚声――激しい雨の音。

そして、犬の吠え声。

慌てたように急にストレッチャーが止まった――小さな手の群れが一斉に離れた。

犬だ――正気を失った頭脳の一部が叫ぶ／犬の名を思い出さねばならない／かつて飼った犬たちの名を呼ばねばならない／彼らに犬を連れていくことはできない。

「ミディ、ネル、オセロット、ヘミングウェイ！」

叫んだ――男の手がストレッチャーから離れるのを感じた。

「ミディ、ネル、オセロット、ヘミングウェイ！」

犬の猛烈な咆哮《ほうこう》が迫った——激しく床を蹴る音／獣の跳躍の音／玄関の入り口で何かが飛んだ／躍り込む黒い影——一瞬、瞳を失った白い双眸が暗がりで光るのを見た。

ああ——あの犬はわたしに警告してくれていた／わたしを家から遠ざけようとしてくれていた——ふいにとてつもない衝撃／がくんとのけぞる。

男がストレッチャーを蹴り飛ばした——飛び込んでくる犬の方へ／盾にした／武器にした／わたしごと——途方もない力。

どかん！

わたしはそのストレッチャーごと廃墟から発射されたようなものだった。わたしは飛んでいた。豪雨が降り注ぐ庭を飛び越え、ストレッチャーの車輪が車回しのアスファルトに接地して激しい音を立てた。わたしの想像では車輪は四つとも、まぎれもなく火花を散らしていた。自動販売機の灯りが迫り、背後へ消えた。中年女が斜向かいの家の二階で、ぴしゃりと雨戸を閉めて姿を消した。わたしは弾丸と化したストレッチャーに中途半端に固定されたまま、雷雨の真っ只中を猛スピードで突き進んでいった。わたしは叫んでいただろうか？　さあ、わからない。ストレッチャーの車輪は大音声《だいおんじょう》を上げて車道を突っ走っていった。世界が震え上がるほどの雷鳴が轟き渡り、右肩の下で車輪の一つが砕け散るのを感じた。掘削機のドリルが今まさに大地を穿《うが》つような振動が起こった。

わたしは天地の轟音に激しく抱擁された。ついで左脚の下で二つ目の車輪が崩壊し、ストレッチャーは進撃手段を失ってアスファルトを削りながら勢いよく宙を舞った。縦回転だ。それも二度や三度ではきかない驚くべき縦回転であったはずだ。少なくとも車輪のけたたましい進行音は消えたため、そこでわたしは初めて存分に、わたし自身が上げる悲鳴を聞いていた。

ほどなくして白いガードレールがわたしの首目がけて断頭台の刃のごとく迫るように思われたが、ストレッチャーはさらにもうひとたび斜めに回転した。わたしの背でストレッチャーとガードレールの激突が起こり、わたしを縛めていたセロハンテープがほどかれるよりも前に、ストレッチャー自体が真ん中からへし折れ、バラバラになっていた。

わたしは顔を水たまりに突っ込み、水深二センチほどのその大海原で溺れそうになった。あの黒い犬は主人である少女のまあこととともに、こうした大雨で溺れ死んだのかもしれない。そんな想像がちらりと湧いたが、実際はそれどころではなく、体中を掻きむしるようにしてセロハンテープの縛めから逃れ、大海原から這い出ていた。

顔を上げたとき、雨と街灯以外は何も見えなかった。だがわたしは白いレインコートを着た男を見ることを怖れて全力で駆け出していた。わたしはあの廃墟に朽ちたＢＭＷがあったことを忘れてはいなかった。男と子供たちには、その気になれば、今すぐわたしを追いかけるついでに轢き殺せる手段があることを疑わなかった。

わたしは走った。手足は痺れ、肺は痛み、心臓はこれ以上ないというほど激しく動悸を打ったが、己の肉体が紛れもなく自らの意志で走っていることに、かつてないほどの悦びを覚えていた。一度だけ道を間違えて遠回りをしたが、ひたすら家へ向って走り続けた。

やがて我が家に辿り着き、わたしは玄関先にへたり込んだまましばらく立てなくなってしまった。ずぶ濡れのわたしを、やがて妻が発見し、愉快そうに笑った。

なんでもわたしは、ジョギングに出て数分と経たないうちに、こうして雨に打たれて再び帰ってきたのだそうだ。そんなはずはない、わたしはあの廃墟で永遠に近い時間、拘束されていたのだ、などと言っても詮無いことであるのを、わたしは説明しがたい自然な感覚において悟った。わたしは何も言わずかぶりを振り、熱いシャワーを浴びて全身の震えが収まるのを待った。妻が心配してわたしの様子を見に来た。わたしは、すごい雷だったな、と言った。妻は、そうなの？　雷なんて聞こえなかった、と笑った。

わたしはもう何も言わなかった。ひどく疲れていた。ただ、買ったはずのミネラルウォーターのペットボトルはどうなったのだろうと、かすかに考えた。ズボンを確かめたところ、入っていた携帯電話は無事だったが、小銭はなくなっていたのである。

後日、わたしはその廃墟を再び訪れた。明るい陽射しの下でのことである。それは思った通り何の変哲もない、朽ちた建物であった。黒い犬の置物は、目どころか首まで変色して無惨な白と黒のまだら模様になっていたが、不気味というより幾分か滑稽であった。廃墟の玄関に靴は一つも落ちておらず、ストレッチャーを移動させた形跡もなかった。車庫で朽ち果てるばかりの車を除き、主だったもの全てがなかった。地下室は存在せず、釘を打たれた壁はなく、キッチンの冷蔵庫は空っぽで、廊下はそれほど長くはない。斜向かいの家は別荘宅であり、わたしが憂鬱なジョギングを行った晩は誰もいなかったことが判明していた。わたしが遭遇したものがなんであったにせよ、それは遠ざかったのだ。手を伸ばしても届かないほど十分遠くに。

ただ一つ、ミネラルウォーターのペットボトルを発見したことを除いては。きちんと蓋を閉められたそれは、めちゃくちゃに引き裂かれた状態で、皮膚を剝がれて死んだ獣を思わせる白いテーブルの上に置かれていた。まるで大勢の者が怒り狂ってそのペットボトルに八つ当たりでもしたようだった。わたしはそれを右手の親指と人差し指でつまみ上げ、廃墟の外に出て、埃まみれの自動販売機の横にあるペットボトル用のゴミ箱に放り込んだ。それから犬の置物に微笑みかけ、そこを立ち去った。わたしは恐怖と和解した。

その後、わたしは一度だけ、晴天の日を選んでその廃墟を訪れた。それもまた様式の一つである。というのもしばらくのち、別の暴力的な手段を必要としていたらしい誰かによって犬が粉々に砕かれてしまっているのを見たからである。何か込み入った理由があってそうなったのかはわからない。ただわたしの中では大いにその消失を嘆く思いがあった。

わたしは一人、その犬の破片を拾い集め、人知れず廃墟の入り口のそばに埋めた。

『OUT OF CONTROL』と秩序

文芸・音楽評論家
円堂都司昭

碁打ちの名家に生まれながら算術にのめり込み、後に日本独自の暦を作った渋川春海。彼を主人公にした『天地明察』（二〇〇九年）は、徳川幕府で家綱が四代将軍だった頃を舞台にした時代小説だ。同作は吉川英治文学新人賞と本屋大賞を受賞したヒット作であり、映画化もされた（二〇一二年九月公開）。この小説で冲方丁という作家の存在を知った読者も少なくないだろう。新規の読者が遡って彼の過去の作品を読もうとした時、まず手にとりそうなのが『マルドゥック・スクランブル』（二〇〇三年）である。

こちらは、身体を改造された少女娼婦バロットが、万能兵器のネズミ、ウフコックとともに逆境で戦っていく物語だ。未来を舞台にしたサイバーパンクSFであり、ルビも含めカタカナの用語、名詞が頻出する同作には、アクション・シーンも多い。改暦という派手ではない題材とじっくり向き合った時代小説である『天地明察』とは、キャラクター造形の上手さという共通点はあるにしても、かなりテイストが違う。冲方丁を読み始めたばかりの人は、この作家はこんな作品を書いていたのかと驚くだろう。逆にいうと、従来からのファンにとって冲方はSF寄りのイメージだったわけであり、長篇時代小説を発表したのは意外なことだった。

一方、一般向けのSF小説として発表された『マルドゥック・スクランブル』によって冲方は読者層を広げたが、それ以前の彼はライトノベルの作家だったし、ゲーム、アニメの制作にかかわり、マンガの原作も担当していた。彼は、第一回スニーカー大賞金賞というライトノベルの賞を受けて一九九六年に作家デビューしている。受賞作『黒い季節』は、修験道などをモチーフにした伝奇バイオレンスだが、主人公は癌手術後の幻痛を抱える暴力団員であり裏社会の抗争も描かれる。ハードな内容は、ヤングアダルト読者を想定したライトノベルとは思えない作風である。そうした作品でデビューした作家が、「剣と魔法」の世界を扱った『カオス　レギオン』（二〇〇四年）のようなラノベらしい物語を発表するようになり、『冲方丁のライトノベルの書き方講座』（旧題『冲方式ストーリー創作塾』二〇〇五年。二〇〇八年文庫化で改題）という本まで出版した。ラノベとはどういう風に書くべきものなのかを分析し、作家志望者に教えるほどのプロフェッショナルになったわけだ。

だが、冲方は二〇〇七年から書き継いでいる「シュピーゲル」シリーズ（『オイレンシュピーゲル』、『スプライトシュピーゲル』、『テスタメントシュピーゲル』）の完結をもってラノベから引退すると宣言している。

この作家の歩みは、意外な展開の連続なのである。短篇集『OUT OF CONTROL』には、そのような冲方丁の多面性が、コンパクトにまとめられている。二〇〇四年から二〇一〇年まで様々な媒体に発表された七篇。ラノベ系雑誌ではなく、一般向けの雑誌、企画本に書かれたもので、統一コンセプトのようなものはない。作品の方向性、文体もまちまちだ。とはいえ、収録された短篇をいくつかの傾向に分けることはできる。

「箱」——初出（以下同）『異形コレクション　蒐集家』光文社文庫、二〇〇四年八月

「まあこ」——『異形コレクション　妖女』光文社文庫、二〇〇四年十二月

いずれも、井上雅彦監修のホラー・アンソロジーのシリーズに発表された。『異形コレクション』はアベレージの高さで定評がある。冲方の二作にもそれぞれ不気味なオチが用意されており、ホラー短篇らしい切れ味をみせる。「箱」は死んだ男の残した箱のコレクションをネット・オークションに出品する話。「まあこ」は、ある女の髪を切っ

たばかりに禍《わざわい》がふりかかる美容師が主人公。からくりのある箱、ものいわぬ妖女が主人公ともいえる二作の描写は、それらへのフェティシズムが基調になっている点で共通している。

「デストピア」――〈野性時代〉角川書店、二〇〇六年十二月号
「メトセラとプラスチックと太陽の臓器」――〈SFマガジン〉早川書房、二〇一〇年二月号
「デストピア」は、右手に「ずしりと重い」道具を、左手に「ぎらりと尖った」道具をテープで巻きつけた主人公が街に出陣する、現代的な鬱屈を追った物語である。一方、「メトセラとプラスチックと太陽の臓器」は、医療技術の進展で、高度なアンチ・エイジング、極端な長生きが可能になった世界を描いたSFだ。現代的なリアリティを背景にした「デストピア」と未来SFの「メトセラと〜」では、テイストが大きく異なる。前者では癒着した母子関係が事件の一因とされ、後者では加齢の意味が激変し妊娠の意味も変わってしまった時代での親子関係が想像されている。二作はまるで違う設定でともに親子の距離感を描いており、たて続けに読むとこの人間関係の難しさがいっそう感じられる。

また、異形の妖女が登場する「まあこ」、凶器を体に密着させた「デストピア」、未来の医療技術で人体を操作する「メトセラと～」の三作は、身体の変容・改造というモチーフでも共通する。これは、何にでも変形可能なキャラクター、ウフコックがグローブとなって少女の腕に装着されたり、その少女バロットが金属繊維の人工皮膚を移植され、肉体を改造された『マルドゥック・スクランブル』にもあったモチーフだ。『黒い季節』における手術後の幻痛に始まり、人体の機械化が前提になっている「シュピーゲル」シリーズなど、身体感覚の変化は、冲方作品でしばしば重要なポイントとなっている。

「日本改暦事情」――〈SF Japan〉徳間書店、二〇〇四年春季号

渋川春海が改暦を成しとげるまでを駈け足で追った『天地明察』の原形といえる作品。この短篇が扱っている春海の半生の期間は、長篇小説である『天地明察』とほぼ同等であり、今読むと同作のダイジェスト版のようにも感じられる。その五年後にはもっと話を膨らませ長篇化されることになったこれほどの題材をなぜ短篇に収めようとしたのか。作者は、当時は改暦の物語を描く力がまだ足りなかったとインタヴューなどでふり返っていた。

冲方は、これと逆のこともやっていた。『黒い季節』に続くデビュー後長篇第一作と

して執筆した『ばいばい、アース』（二〇〇〇年）は、四百字詰めで三百枚の予定が二千六百枚に膨れ上がり、上下分冊でも辞書のような分厚い仕上がりになった。これ以外にも冲方には、予定の分量を大きく上回る枚数を書いたというエピソードが残っている。
また、日本ＳＦ大賞受賞記念でＳＦ小説誌に発表したのが「日本改暦事情」だった。だが、同作は時代小説であり、超科学や特殊能力などの設定は出てこない。暦に関する物語だから、時間をどう把握すべきか、天空と地上の関係といったテーマを含んでおり、タイムトラベルや宇宙旅行などを描いてきたＳＦジャンルと親近性がなくはない。とはいえ、同作を読んでＳＦだと思う読者は少ないだろう。ラノベを前提にした賞にラノベらしくない『黒い季節』を投稿した冲方らしい、〝天然〟なふるまいといえようか。

「スタンド・アウト」――『冲方丁公式読本』洋泉社、二〇一〇年
「OUT OF CONTROL」――「ユリイカ　総特集冲方丁」青土社、二〇一〇年十月臨時増刊号
どちらも冲方丁の著作を紹介、考察した企画本への小説の寄稿であり、それを意識してか主人公を作家と設定している。「スタンド・アウト」では、子どもの頃、海外で生活していたため、日本語と微妙な距離感のある少年が、この言語で小説を書きあげ投稿

するまでが語られる。海外生活など作者本人の経歴と重なる部分もあり、どの程度実像を反映しているのか想像させる短篇だ。

一方、本書の題名ともなっている「OUT OF CONTROL」では、ジョギング中の作家が怪異に巻き込まれる。「／」、「＝」などの記号を多用した、冲方がいうところの「クランチ文体」（二〇〇六年刊『マルドゥック・ヴェロシティ』などで使われている）で書かれており、「満足《ゲット》」のようにカタカナ言葉を漢字にあわせたルビの効果もあって、情報が圧縮濃縮された印象になっている。

これら二作は、冲方の言語感覚、文体意識を示した短篇と言える。

以上、みてきたように本書は、様々な傾向の作品を収めた短篇集なのだが、全体に共通するテーマをあえて探すならば、「秩序」になるのではないか。「スタンド・アウト」ではナイフを持ち歩くような不良少年同士のルールが緊張感をもたらし、「まあこ」、「箱」、「デストピア」では日常の枠組みが崩れる。また、「日本改暦事情」は暦、「メトセラと～」では生命倫理という社会のルールの更新が語られ、「スタンド・アウト」と「OUT OF CONTROL」では、言語、文体という作家にとって最も大切な「秩序」が意識されている。作品ごとに対象となるレベルは異なるが、「秩序」が制御可能か、制御不能（OUT OF CONTROL）かをめぐって物語が作られている点は共通している。このことは、短篇に限らず、作中で架空世界の社会制度を構築しなければならないファンタジーやSF、あるいは江戸時代の時間秩序を題材にした『天地明察』といった冲方の長篇にもいえることだ。

作家的本能で動いているとしか思えない〝天然〟ぶりもみせてきた冲方は、アニメ、ゲーム、マンガと他メディアでの活動経験も積みながら、小説のあるべき「秩序」を考察してきた。そして、自らの創作術を筋道立てて語ることのできる小説のプロフェッショナルになった。そのような作者自身の歩みは、碁打ちの渋川春海が算学にのめりこむなど紆余曲折を経て、暦の専門的教養を身につけ新暦の制定を実現する「日本改暦事情」、『天地明察』に反映されているように思う。

今では冲方は、小説の「秩序」への考察を深め、「OUT OF CONTROL」をCONTROLするような試みもしている。前述の「クランチ文体」は、混乱した状況を文章に反映させながら、読みやすいように「秩序」立てる工夫だろう。

CONTROLからはみ出そうとするものへの興味と「秩序」への探求心をあわせもっているのが冲方丁だ。バラエティに富んだ本書には、そんな彼の両面性がよくあらわれている。

次世代型作家のリアル・フィクション

マルドゥック・スクランブル The 1st Compression——圧縮〔完全版〕

冲方　丁

自らの存在証明を賭けて、少女バロットとネズミ型万能兵器ウフコックの闘いが始まる。

マルドゥック・スクランブル The 2nd Combustion——燃焼〔完全版〕

冲方　丁

ボイルドの圧倒的暴力に敗北し、ウフコックと乖離したバロットは〝楽園〟に向かう……

マルドゥック・スクランブル The 3rd Exhaust——排気〔完全版〕

冲方　丁

バロットはカードに、ウフコックは銃に全てを賭けた。喪失と安息、そして超克の完結篇

マルドゥック・ヴェロシティ1

冲方　丁

過去の罪に悩むボイルドとネズミ型兵器ウフコック。その魂の訣別までを描く続篇開幕！

マルドゥック・ヴェロシティ2

冲方　丁

都市政財界、法曹界までを巻きこむ巨大な陰謀のなか、ボイルドを待ち受ける凄絶な運命

次世代型作家のリアル・フィクション

マルドゥック・ヴェロシティ3
冲方 丁
都市の陰で暗躍するオクトーバー一族との戦いに、ボイルドは虚無へと失墜していく……

スラムオンライン
桜坂 洋
最強の格闘家になるか？ 現実世界の彼女を選ぶか？ ポリゴンとテクスチャの青春小説

ブルースカイ
桜庭一樹
あたし、せかいと繋がってる——少女を描き続ける直木賞作家の初期傑作、新装版で登場

サマー／タイム／トラベラー1
新城カズマ
あの夏、彼女は未来を待っていた——時間改変も並行宇宙もない、ありきたりの青春小説

サマー／タイム／トラベラー2
新城カズマ
夏の終わり、未来は彼女を見つけた——宇宙戦争も銀河帝国もない、完璧な空想科学小説

ハヤカワ文庫

小川一水作品

第六大陸 1

二〇二五年、御鳥羽総建が受注したのは、工期十年、予算千五百億での月基地建設だった

第六大陸 2

国際条約の障壁、衛星軌道上の大事故により危機に瀕した計画の命運は……。二部作完結

復活の地 I

惑星帝国レンカを襲った巨大災害。絶望の中帝都復興を目指す青年官僚と王女だったが…

復活の地 II

復興院総裁セイオと摂政スミルの前に、植民地の叛乱と列強諸国の干渉がたちふさがる。

復活の地 III

迫りくる二次災害と国家転覆の大難に、セイオとスミルが下した決断とは？　全三巻完結

小川一水作品

老ヴォールの惑星
SFマガジン読者賞受賞の表題作、星雲賞受賞の「漂った男」など、全四篇収録の作品集

時砂の王
時間線を遡行し人類の殲滅を狙う謎の存在。撤退戦の末、男は三世紀の倭国に辿りつく。

フリーランチの時代
あっけなさすぎるファーストコンタクトから宇宙開発時代ニートの日常まで、全五篇収録

天涯の砦
大事故により真空を漂流するステーション。気密区画の生存者を待つ苛酷な運命とは？

青い星まで飛んでいけ
閉塞感を抱く少年少女の冒険から、人類の希望を受け継ぐ宇宙船の旅路まで、全六篇収録

神林長平作品

狐と踊れ〔新版〕

未来社会の奇妙な人間模様を描いたＳＦコンテスト入選作ほか九篇を収録する第一作品集

言葉使い師

言語活動が禁止された無言世界を描く表題作ほか、神林ＳＦの原点ともいえる六篇を収録

七胴落とし

大人になることはテレパシーの喪失を意味した――子供たちの焦燥と不安を描く青春ＳＦ

プリズム

社会のすべてを管理する浮遊都市制御体に認識されない少年が一人だけいた。連作短篇集

完璧な涙

感情のない少年と非情なる殺戮機械との時空を超えた戦い。その果てに待ち受けるのは？

ハヤカワ文庫

神林長平作品

太陽の汗

熱帯ペルーのジャングルの中で、現実と非現実のはざまに落ちこむ男が見たものは……。

今宵、銀河を杯にして

飲み助コンビが展開する抱腹絶倒の戦闘回避作戦を描く、ユニークきわまりない戦争ＳＦ

機械たちの時間

本当のおれは未来の火星で無機生命体と戦う兵士のはずだったが……異色ハードボイルド

我語りて世界あり

すべてが無個性化された世界で、正体不明の「わたし」は三人の少年少女に接触する——

過《カ》負《フ》荷《カ》都市

過負荷状態に陥った都市中枢体が少年に与えた指令は、現実を〝創壊〟することだった⁉

ハヤカワ文庫

神林長平作品

猶予の月 上下

姉弟は、事象制御装置で自分たちの恋を正当化できる世界のシミュレーションを開始した

Uの世界

「真身を取りもどせ」――そう祖父から告げられた優子は、夢と現実の連鎖のなかへ……

死して咲く花、実のある夢

本隊とはぐれた三人の情報軍兵士が猫を求めて彷徨うのは、生者の世界か死者の世界か？

魂の駆動体

老人が余生を賭けたクルマの設計図が遠未来の人類遺跡から発掘された――著者の新境地

鏡像の敵

SF的アイデアと深い思索が完璧に融合しあった、シャープで高水準な初期傑作短篇集。

神林長平作品

宇宙探査機　迷惑一番

地球連邦宇宙軍・雷獣小隊が遭遇した謎の物体は、次元を超えた大騒動の始まりだった。

蒼いくちづけ

卑劣な計略で命を絶たれたテレパスの少女。その残存思念が、月面都市にもたらした災厄

ルナティカン

アンドロイドに育てられた少年の出生には、月面都市の構造に関わる秘密があった——。

親切がいっぱい

ボランティア斡旋業の良子、突然降ってきた宇宙人〝マロくん〟たちの不思議な〝日常〟

天国にそっくりな星

惑星ヴァルボスに移住した私立探偵のおれは宗教団体がらみの事件で世界の真実を知る⁉

野尻抱介作品

太陽の簒奪者

太陽をとりまくリングは人類滅亡の予兆か？星雲賞を受賞した新世紀ハードSFの金字塔

沈黙のフライバイ

名作『太陽の簒奪者』の原点ともいえる表題作ほか、野尻宇宙SFの真髄五篇を収録する

南極点のピアピア動画

「ニコニコ動画」と「初音ミク」と宇宙開発の清く正しい未来を描く星雲賞受賞の傑作。

ヴェイスの盲点

ロイド、マージ、メイ——宇宙の運び屋ミリガン運送の活躍を描く、〈クレギオン〉開幕

フェイダーリンクの鯨

太陽化計画が進行するガス惑星。ロイドらはそのリング上で定住者のコロニーに遭遇する

野尻抱介作品

アンクスの海賊

無数の彗星が飛び交うアンクス星系を訪れたミリガン運送の三人に、宇宙海賊の罠が迫る

サリバン家のお引越し

メイの現場責任者としての初仕事は、とある三人家族のコロニーへの引越しだったが……

タリファの子守歌

ミリガン運送が向かった辺境の惑星タリファには、マージの追憶を揺らす人物がいた……

アフナスの貴石

ロイドが失踪した！　途方に暮れるマージとメイに残された手がかりは〝生きた宝石〟？

ベクフットの虜

危険な業務が続くメイを両親が訪ねてくる!?しかも次の目的地は戒厳令下の惑星だった!!

ハヤカワ文庫

著者略歴　1977年岐阜県生，作家『マルドゥック・スクランブル』で第24回日本ＳＦ大賞受賞，『天地明察』で第31回吉川英治文学新人賞および第７回本屋大賞を受賞

HM=Hayakawa Mystery
SF=Science Fiction
JA=Japanese Author
NV=Novel
NF=Nonfiction
FT=Fantasy

OUT OF CONTROL

〈JA1072〉

二〇一二年七月二十日　印刷
二〇一二年七月二十五日　発行

（定価はカバーに表示してあります）

著　者　冲《うぶ》方《かた》丁《とう》
発行者　早川　浩
印刷者　矢部一憲
発行所　株式会社　早川書房

郵便番号　一〇一 - 〇〇四六
東京都千代田区神田多町二ノ二
電話　〇三 - 三二五二 - 三一一一（大代表）
振替　〇〇一六〇 - 三 - 四七七九九
http://www.hayakawa-online.co.jp

乱丁・落丁本は小社制作部宛お送り下さい。送料小社負担にてお取りかえいたします。

印刷・三松堂株式会社　製本・株式会社川島製本所

ISBN978-4-15-031072-1 C0193

本書は活字が大きく読みやすい〈トールサイズ〉です。